九張犁印記

何元亨——著

前言

我在鄉下成長，我的童年滿是泥土的芬芳，滿是無憂無慮的生活。

這本書裡，記錄了我童年生活的點點滴滴，背景是一九七四年至一九八〇年國小階段，地點在台中市大甲區太白里一個小村落——九張犁；希望喚起與我有相同記憶的讀者細細品嚐。我的童年往事，對現在的孩子而言遙不可及，更期盼透過文字和想像，可以創造孩子不同的生活經驗。

我常在想，如果不把我的童年留下來，有多少人無法體會鄉下童年的樂趣。

何元亨　寫於蘆洲

目次

目次

校園時光機

目次

童年記趣百寶箱

印記九張犁

農村的回憶寶盒

九張犁

九張犁是我的故鄉，緊傍著大安溪，道路橫亙小村莊，我的家住在村頭，沿著道路走，終點便是大安溪了。村頭有座碾米工廠，專門收購晒乾的稻穀，村中央和村尾各有一間雜貨店，提供村人生活物品採購的地方。

道路兩側錯落各種建築物，有低矮的平房，也有新穎的農舍。建築物後方是翠綠的稻田，有大安溪分支的圳溝，還有一座土地公廟。

我喜歡在溪邊的堤防上遠眺，溪的對岸是焦黃又帶點綠意的鐵砧山，山腳下有淙淙的溪水流過。從堤防到山之間，隆起的沙洲把河床切割成好幾條大小不一的河道。各種不同形狀的石頭靜臥在沙洲上，還來不及開花的菅芒迎風搖曳，讓習慣寂靜的沙洲變得更熱鬧了。

割稻子

暑假期間正好遇到農忙時期，那時候農業尚未完全機械化，許多農事都得依賴人工。水稻收割的場面相當浩大。輪到我家收割的時候，農人們一字排開站在稻田一端，沒有誰會發號施令？誰先準備好，誰便先下田。每個人一次負責收割大約五行水稻，農人右手拿鐮刀、左手一把將水稻緊握住，刀起刀落，水稻便被割了下來。站在田埂上看農人熟練而俐落的動作，內心莫名的快感油然而起，感覺像古裝武俠劇裡，劊子手處決死刑犯般不留情面。一束束澄黃夾雜著翠綠的稻穗，一堆一堆躺在稻田中，再把這一堆堆的稻穗送到打榖機裡，將黃澄澄的穀粒打落。

清晨，天色還朦朧昏暗，窗外卻已傳來窸窸窣窣的聲音，打穀機明快的節奏聲，搭配農人的嘻鬧聲及稻草被撥動的聲音，在寂靜無聲的清晨更顯得熱鬧繽紛。隔著窗戶向外望，只見農人一彎腰一縮手，茂密的稻穗瞬間成了農人的掌中物。一束束的稻穗放進打穀機中滾打成一顆顆金黃色的稻穀，爸爸戴著破舊不堪的斗笠，躲在打穀機的後面，臉上被稻草屑及穀塵塗滿了，汗水順著額頭流過鼻尖再向下奔流，原本蒙上一層灰的臉龐沖刷出好幾條潺潺小溪。爸爸習慣性用手背擦拭額頭上的汗珠，笑容變得更燦爛了。

打穀機的構造相當簡單：外型類似賣蚵仔麵線的攤子，只是少了上方的棚架，棚架處以四枝竹棒插在打穀機四個角落，以紗網圍成一個ㄇ字型，目的是避免打落的穀粒四處噴濺，而空下來的一面留待給農人將一大束的水稻放入攪打的機器內。攪打的機器看起來像現在圓柱型的梳子，只是每一根梳毛變成以粗鐵線彎成的三角狀，當操作打穀機的農人接過稻束後，腳用力一踩，腳踩的速度跟著稻束數量多寡而增減。被攪落的穀粒會掉進如同沙漏般的容器內，待容器裝滿穀粒後，操作打穀機的農人必須用鏟子將穀粒剷出倒入米簍中，裝滿兩個米簍後，便會有專人將米簍挑至晒穀場。一般的農家習慣以家門前的庭院當作晒穀場。

記得有一年，我家借不到晒穀場，爸爸把先前已收割的農地整平，除了要將水稻頭挖除外，更必須將水稻頭遺留的窟窿填平，這時，晒穀場的雛形已大致完成。但是，還必須得克服沙土混著穀粒的問題，爺爺會把牛糞加水攪拌後，一瓢一瓢舀出來，潑灑在平坦的地面上，如此藉著「牛糞水」的黏稠性將沙土固定，將來晒稻穀時，穀粒便不會與沙土混在一起了。稻穀一壟壟堆置在晒穀場上，晒稻穀的工作便完全交由母親了。

爸爸和爺爺忙著收割，我和哥哥忙著找尋躲藏在水稻間大隻的青蛙，順便檢拾還掛住些許穀粒的稻穗回家給雞鴨吃。即使看到大隻的青蛙，我們抓不到、也不敢抓。不過，只要爸爸下田收割，黃昏便可看到他拎著大青蛙回家。聽說青蛙煮湯可以治癩痢病*，不知道是不是因為吃青蛙的關

*癩痢病：一種頭部疾病，俗稱「癩痢頭」、「頭癬」，是一種頭皮感染癬菌，導致頭髮脫落，並在頭皮上產生瘡痂或膿瘡的症狀。

係，我們兄弟腳上的爛瘡因此不藥而癒。收成後的稻田失去往日蒼鬱的景象，留下行列整齊且呈枯黃的水稻頭，那時候，還有商人向農家收購稻草，平躺在田裡的稻草晒乾後，爸爸會把所有的稻草分別綁成一綑一綑的，等待商人運走，賣剩的「草綑」便會在屋後以輪狀依序疊成斗笠般的形狀，做為一整年大灶生火用的材火，以及母豬生產時所必需的被褥與地毯。商人買走「草綑」之前，我們會利用「草綑」蓋成不同造型的房子，當成是我們的城堡及祕密基地，然後盡情地玩捉迷藏的遊戲。

我家屋後連著一大片稻田，這一大片稻田養活我們全家人，也提供我們四兄弟讀書的經濟來源。從小，看著父母在這塊土地上耕耘，他們的汗水揮灑在這塊土地上，就好像撫養我們兄弟般地付出無數心血。不過，農作物的收成是可以預期的，我們將來的成就卻難以捉摸。每年暑假，總會遇上收成與耕耘兩個完整的農忙期，父母親頂著大太陽在稻田裡穿梭。在那個年代，農業機械化尚未普及，所有繁雜的農事必須依賴大量的人力。農忙時期，農村裡的男女老少沒有人捨得休息，連聊天都讓人覺得奢侈。稻作收成那段時間，每天天未亮，爸爸和爺爺便得下田割稻。以往已經約定好繼續「交換工」的農人，只要在收割前協商確認每個人收割的日期，這一季的稻作便能順利收成。

爸爸和爺爺都是專職的莊稼漢，靠天吃飯，也靠這塊土地吃飯。輪到我家割稻收成的日子，爸爸前一天已經把打穀機拖到田裡，媽媽忙著張羅一、二十人吃的點心和午餐。這時候，我早已打從心裡高興起來：又可以吃到豐盛的菜餚了！那可是我夢寐以求的一件事啊。

我被窗外的聲響喚醒後，便急著到廚房探視熱騰騰且不斷冒著白煙的蘿蔔糕，媽媽提醒我蘿蔔糕正滾燙，並且阻止我挖來吃，因為這是媽媽為割稻的農人所準備的點心。等蘿蔔糕涼了些，盛在碗裡，再淋上蒜蓉醬油，如同一杯香醇的咖啡擠上鮮奶油，光是顏色就足以令人垂涎三尺。把蘿蔔糕送入口中，除了感受蘿蔔糕的滑嫩外，齒頰間更是瀰漫著蒜蓉的香味。

媽媽在廚房忙進忙出，把蘿蔔糕、蒜蓉醬油、碗筷依序擺進點心擔裡，等一切準備就緒，媽媽挑起擔子往稻田出發；她走在前面，我跟在後面。到達目的地後，媽媽使勁吆喝著：「吃點心囉！」這時候，每個人總會停下手邊的工作，一起品嚐美味的蘿蔔糕。當他們忙著吃點心的同時，爸爸也忙著把打穀機盛滿的稻穀鏟出來，一鏟一鏟金碧輝煌的穀粒倒進竹簍裡；然後，爺爺挑起盛滿穀粒的竹簍走到稻埕中，從稻埕的邊緣依序倒出一隴一隴的穀堆。穀堆間的距離必須維持翻攪稻穀的空間，大約是一個步伐的距離，幾近等高的穀堆彷彿綿延成一直線的山丘。我的工作是在收割過的稻田裡撿拾遺漏的稻穗，拿回家給雞鴨吃。

稻穀是老天爺賜給我們家的黃金。剛收割的稻穀含有水分，陽光是把稻穀晒乾的利器。晒稻穀的重責大任落在媽媽身上，這並不是一項輕鬆的工作。在農村裡，晒稻穀一向由婦女負責進行。想要順利把稻穀晒乾，可得靠老天爺大力幫忙，最怕遇到迅雷不及掩耳的西北雨。當天空中的烏雲開始聚集時，媽媽便會拿出折疊成豆腐乾的帆布，爺爺拿著T字型的收穀器、穀耙子、竹掃把。爺爺、媽媽和大哥使用收穀器將稻埕四周一壟壟的稻穀收到稻埕中央，二哥、我和弟弟拿著穀耙子在收集他們背後遺漏在地面上的稻穀，等收集的工作告一段落後，我們會拿著竹掃把將無法耙起的穀粒掃向稻埕中央的穀堆，最後用帆布蓋住穀堆，帆布緊貼地面的部分必須拿石頭壓住，才能確保帆布不被風吹走。蓋住帆布的穀堆像極了放大幾萬倍的雪糕冰淇淋。如果出太陽的日子可以持續兩、三天，溼稻穀就能順利晒乾轉賣給農會及碾米廠。萬一時而晴天時而下雨就很難將溼稻穀晒乾了，一不小心，稻穀甚至會發芽呢！

育苗與插秧

爸爸事先在整過地的稻田裡隔成幾個「長方形」狀的育苗區，然後把泡過水而且已經發芽的穀子均勻地撒在育苗區。等到秧苗長成約十公分高，就可以「正式」插秧了。插秧的人力資源跟割稻時的「交換工」一樣。

排定插秧的當天清晨，天色還是一片昏暗的時候，媽媽便得到育苗區將秧苗鏟起來，整齊擺放在竹編且鏤空的圓形容器裡。那把鏟秧苗的工具，外形像是吃布丁的小湯匙。媽媽蹲在育苗區裡鏟起一片片連土的秧苗，整片的泥土看起來有點像薄片起司，鏟秧苗的技術可專業了；鏟起的泥土太薄，會傷害秧苗的根，鏟起的泥土太厚，會傷害農人插秧時使勁的拇指肌肉和指甲。鏟起的秧苗必須由內而外成螺旋狀地擺放在圓形容器裡，插秧的農人再把秧苗放在圓形的鐵桶裡。

媽媽鏟秧苗的同時，爸爸便拿著裝有十六個木輪的畫線器在稻田裡來回走動，畫出秧苗栽種的位置。農人插秧的時候，只要順著線，將圓形鐵桶放在腳邊，倒退著走，把手上的秧苗栽種在稻田裡。

我通常負責「接秧」的工作，當農人鐵桶裡的秧苗用完了，而且尚未到達水田的另一端，我負責在田埂邊把秧苗傳給他們。站在田埂邊，原本深褐色的稻田慢慢滲出一片翠綠，他們彎著腰比賽似的把秧苗插在稻田中。田裡面的水不停的泛起陣陣漣漪，翠綠的秧苗像是打翻的墨汁，在深褐色的畫布上慢慢暈開，翠綠的秧苗在深褐色的泥土襯托下更顯蒼翠鮮綠。

人蛇大戰

有一年寒假，我家屋後那幾塊田地正準備整地前的工作，我跟爸爸要把種在田埂邊的竹林修剪掉一些枝葉，才不會影響將來水稻的生長。爸爸拿柴刀砍下竹子上端過長的枝葉，我負責把砍下的枝葉拉到一邊堆置，剛砍下的枝葉還有許多水分，無法燒得乾淨，必須放在田裡晒乾，才能放火燃燒。

當爸爸正專心的砍下竹子的枝葉，眼前突然有一長條狀的黑影閃過，我還來不及躲開，就反射性地冒出一句話：「爸，有蛇！」

爸爸聽聞，趕緊到我身邊來查看，他隨手拿了一支竹竿，拍打並翻動堆置在一旁的枝葉，拍了兩、三下，我驚叫：「蛇！在那裡！」爸爸衝了過去，握住竹竿揮擊那隻大蛇。那隻蛇也不甘示弱，挺起身體，把脖子撐開成像飯匙的樣子。

我問爸爸：「那是什麼蛇？」爸爸說，那是「飯匙倩」，也有人叫「眼鏡蛇」。爸爸要我退後一些，以免被蛇咬到。

那隻眼鏡蛇非常凶悍，爸爸的竹竿向牠揮過去，牠還能夠低下頭躲開竹竿的攻擊，然後再抬起頭，做勢要衝向爸爸。爸爸大聲叫我往後退，爸爸向眼鏡蛇衝過去，一個揮擊竹竿的假動作，騙過眼鏡蛇，然後，只見他上下不停地揮動竹竿，直到他的手停了下來，我走近一看，眼鏡蛇已奄奄一息，攤在地上一動也不動。

我問爸爸：「眼鏡蛇有毒嗎？」

爸爸告訴我：「隔壁的木火伯就是被眼鏡蛇咬死的。」

我聽了，寒意從腳底一直往頭上竄，心裡想：「怎麼這麼可怕？萬一剛剛眼鏡蛇爬過我腳下，順便咬我一口，現在躺在地上的，也許就是我了。」越想越覺得可怕。

我問爸爸要怎麼處置這條蛇？爸爸說：「等回家的時候，拿給住在村尾的阿土叔公殺來吃。」爸爸繼續砍著竹子多餘的枝葉，我抱住竹竿站在原地，緊盯著眼鏡蛇不放，害怕眼鏡蛇復活，衝過來咬我。心想萬一牠活過來了，我還可以拿竹竿再打死牠，但是我心裡仍然不停地祈禱，不要發生這樣的事情才好。

當天晚上，我失眠了，我一直想著那隻眼鏡蛇兇猛的樣子。

水牛逃跑了

我家的屋後有一間牛舍，養了一頭公水牛。那頭水牛好肥，牛舍的門剛好可以讓他的身體走過，不過，他的眼睛很迷人，水汪汪的大眼睛、長長的睫毛，真是惹人憐愛！

我永遠記得家裡那頭水牛的樣子。收成的工作全部結束後，爸爸著手進行整地、育苗等準備事項。壯碩的水牛是整地的好幫手，整地前，爺爺會泡一桶米糠加清水，攪拌成飲料給水牛補補身子。爺爺肩上扛著犁，手裡握著控制水牛的麻繩，麻繩輕輕地往水牛身上一彈，水牛就低著頭乖乖向前走。下了田、架好犁、麻繩再輕輕一彈，牠的腳步明顯沉重緩慢許多，身後的泥土一寸一寸翻了過來。到了轉頭的田埂邊，牠會趁機停下腳步休息，低頭吃吃田埂上的雜草解解饞。等爺爺大聲叫罵後，牠會抬頭看看爺爺，再識相地轉過身繼續向前走，一臉無辜的表情實在惹人憐愛呀！就這樣來來回回無數趟，才能完成整地的任務。看過水牛無怨無悔地賣命工作，我才真正理解，爸爸不准我們兄弟吃牛肉的原因。

水牛逃跑前兩天，我就覺得怪怪的，只要我經過牛舍或進入牛舍拿東西，就聽到水牛不斷發出「哞！哞！」的聲音，起初我不以為意，拿了些牧草、倒了一桶水給他喝。然而，水牛總是冷冷地看著我，牠可能不是肚子餓吧，但要我牽牠出去走走，實在也不敢，牠那一對尖尖的牛角，就讓我想離牠遠遠的了。況且水牛在牛舍裡乖乖地被綁在角落，要是我牽牠出去，那可不是我牽水牛，而是水牛拉著我跑，到時候，我可會嚇破膽呀！

放學後，我才剛把書包丟在客廳的椅子，準備拿回家作業出來寫，窗外忽然有一隻大黑影閃過。我一回過神，糟糕！水牛逃出來了！我跑出去看，水牛在屋後的稻田狂奔，我趕緊跑到爸爸做水泥工的工地，通知爸爸水牛逃跑了，爺爺恰巧也割了一堆牧草回來。我們三個人沿著水牛踐踏過的稻田田埂尋找水牛的蹤跡，稻田裡的水稻已經結穗了，被水牛一摧殘，那些水稻全完蛋了，水牛在廣大的稻田中，開闢出一條明顯的小徑。爺爺邊走邊罵水牛，爸爸也氣得說要把水牛賣掉，來賠償別人水稻的損失。我比較擔心的是：如果水牛突然從旁邊的稻田裡竄出來，我一定會被嚇得屁滾尿流的。

我們走得好遠，已經走到鐵路邊了，還是看不到水牛的身影。太陽已經快下山了，爺爺說等到晚上，想找水牛就更難了。這時候，住在我家隔壁的叔公遠遠地向我們揮手，高聲喊道：「水牛在這裡！」原來，水牛跑到那位叔公的玉米田裡吃玉米，我們趕緊跑過去，水牛正悠閒地咀嚼嘴裡的食物，爺爺很生氣地痛罵牠一頓，水牛還是不理我們，顧著吃牠的玉米。爸爸走近水牛，拿起被扯斷的繩子，摸摸牠的頭，沒有氣憤的表情，只有不捨與憐愛。我問爸爸為什麼水牛會跑出來，爸爸說大概是肚子餓了，爺爺也說水牛從早上餓到現在，難怪牠要跑出來了。

我們踏著夕陽，走在窄小的產業道路上，沿路只聽到水牛達達的腳步聲。

古早的廁所

我家的房子，牆壁是用泥土磚蓋成的，屋頂則是用乾稻草一層一層鋪上去的。連地面都只是用泥土鋪成，而且還會凹凸不平。每逢下雨，家外面滴滴答答，家裡面叮叮噹噹，大概家裡可以盛水的器具全派上用場了，這樣的景象大概是我生平第一次聆賞的打擊音樂會，白天，倒覺得悅耳動聽；夜晚，特別在四處盡是寂靜的時候，可就不由自主地隨著雨聲的節奏打拍子。

我的家，簡陋得連一個像樣的廁所都沒有，只記得有幾片木板貼在地面上，木板下方是預先挖好的大窟窿，整個空間充滿排泄物的惡臭氣味，蚊子、蒼蠅、蟑螂在這裡建立屬於牠們的王國；大概很少人看過會飛的蟑螂，與蚊蠅相較之下，蟑螂可顯得雄壯威武多了。

蹲在木板上方，彷彿站在搖晃的吊橋上，感覺隨時都會掉進大窟窿裡，那種如履薄冰、如臨深淵的緊張情緒，必須持續到完全解放、離開廁所後才能解除。蚊子最喜歡偷襲圓潤渾厚的屁股，那兒最沒有抵抗能力，即使已察知被偷襲，想拍打也不是，不拍打又不甘願。那個年代，衛生紙還不是很普遍，特別是在偏遠的鄉村。那時候使用的衛生紙，是一種表面粗糙呈土黃色的包裝紙，粗糙的表面類似現今廚房用的菜瓜布，稍一用力，就會刮傷皮膚表面。那個年代，上廁所是一件危險性極高的工作，現在想想，除了噁心之外，居然還有些懷念。

毒魚

村尾那條溪，聽大人說：一直往太陽下山的方向走，便可以走到大海。但從來都沒有人這樣走過，不知道是不是真的？

每年，過了颱風季節，這條溪的水流會越來越小，甚至會完全乾涸。這條溪對我們村莊非常重要，包括村莊裡所有的灌溉用水，媽媽洗碗、洗衣服的水，村莊裡還沒有埋設自來水管時，我們也喝這條溪的水。等溪水變小了，爸爸就會帶我和哥哥到這條溪「毒魚」。爸爸到西藥房買一種叫「加里」的農藥，這種藥一丟入溪中，溪中的魚會馬上浮上水面，而且連游走的力氣都沒有。

爸爸準備好漁網、魚簍、農藥，一行人往溪邊走去。原本寬廣的河道，被分割成好幾條小溪，溪流很小、很慢，我們慢慢尋找可能還有魚的小溪。小溪岸邊，如果可以找到好幾隻小魚的屍體，就知道已經有人早一步到這兒來毒魚了，那麼，我們就會放棄這條小溪。如果找到的小溪邊看不到死魚、也看不到腳印，那就可以開始毒魚了。我們先要選擇小溪的一段，這一段必須具有前後河道窄，中間寬廣的小潭，才是最適合毒魚的場所。

爸爸會先走到較上游的地方，丟入兩顆「加里」，我和哥哥站在寬廣的小潭，等農藥藥性發作，躲在溪中的小魚就會慢慢浮上水面，我和哥哥一人拿一張漁網，腰間吊掛著魚簍，捲起褲管，走進溪中，一看到魚浮上來，就馬上拿漁網將魚群網起。每隻魚的抵抗力不同，因此，溪中的魚並不會同時浮上水面；有時候在前面，有時候在後面，有時候在左邊，有時候在右邊。我和哥哥在水裡走來走去，只要看到那兒有魚浮上水面，就必須趕快將魚隻網起、放進魚簍內，來不及網起的魚，就會被水流走。為了要迅速網起每一隻浮上水面的魚，也顧不得衣褲會被水泡溼，有時會因為太著急，而跌進水裡，連頭髮都弄溼了。

當我和哥哥忙著網魚時，爸爸會低頭在岸邊巡視，找尋那些已經昏沉沉的蝦子，爸爸把蝦子一隻一隻撿進魚簍裡，往往要來回好幾趟，都還無法將那些被毒到的蝦子撿完。溪裡大大小小的魚蝦，全被我們毒死了。

如果漁獲量多的話，我們必須在水中泡一、兩個小時。如果倒楣的話，可能只抓到幾隻，那就浪費了「加里」的藥錢，繼續再找另一條適合的小溪。

採收花生

每年暑假是花生採收的季節，不光是採收我家種的花生，還得幫忙採收別人種的花生賺點零用錢。我家的花生種在溪邊開墾的新生地，雖然面積不大，但是採收的時間也需要三天，花生的採收完全必須仰賴人工，全家出動還不夠，還得請一些人來幫忙。

大人負責先將花生整株拔起，然後把附著在花生果實上的泥土用力甩乾淨，排成一隴一隴的。等拔起的花生數量多一些時，我們就會蹲在一隴一隴的花生旁，慢慢將花生果實一顆一顆拔下來。溪邊太陽的威力比任何地方的太陽都來得強悍，頭上戴的斗笠，怎麼也遮不住太陽的肆虐，汗水不斷地從毛細孔湧出。花生果實成串地長在花生的根部，如果要一顆一顆拔，會比較節省力氣，但採收的速度比較慢，數量也比較少。每拔滿「一斗」的花生果實，就能賺到三塊錢，為了要拔更多的花生果實，幾乎每個人都戴著工作手套，用左手握住滿布花生果實的根部前端，右手順時針用力的旋轉花生果實，果實便會一顆顆地掉入桶中。這樣採收花生的方式比較快，但比較費力。

花生園裡會有一種很可怕的昆蟲，叫做「紅蜘蛛」，扣除紅蜘蛛的腳，牠的身體大概和小螞蟻差不多，一被牠咬到，馬上會紅腫而且奇癢無比。在大太陽下，已經熱得很難受了，要是又遭遇紅蜘蛛的偷襲，又熱又癢，真是難過極了。沾滿沙土的手，越抓就會越癢。因此，下田拔花生前，我們會穿上長袖的衣服，要不然就是穿袖套，在脖子的周圍擦滿萬金油，讓紅蜘蛛找不到身體的空隙可以下手，全身上下只剩臉和腳掌是暴露的，只好一邊拔花生，一邊躲紅蜘蛛。

接近黃昏時，爸媽會吆喝大家停下手邊的工作，準備丈量每個人採收的數量，每個人將自己裝載麻布袋裡的花生，拿到固定的地方丈量。要是未滿一斗，則以半斗計算，超過半斗，就必須努力再去拔一些花生來湊成一斗，丈量完後，馬上發放現金。

爸爸和爺爺必須把今天所採收的花生搬到鐵牛車上，載回家裡的庭院，隔天一大早將花生全部倒在庭院裡曝晒，一直到花生完全晒乾為止。

晒乾的花生，大部分會送去工廠製成花生油，留下一小部分在家裡，炒花生、水煮花生、炸花生都是香噴噴的點心，我們全家都喜歡吃花生。

蓋新房子

我家的舊房子是一間用泥土磚砌成的，也就是鄉下人所講的「土角厝」，這兩年，常常因為下雨而導致屋內漏水，情況相當嚴重。爸爸說要在家裡的田地上蓋一間新的洋房，我們全家人都好高興，終於要有新房子可以住了。

靠近產業道路邊的田地，豎起好幾根木樁，爸爸說木樁的位置就是要挖房子的地基。有一天早上，爸媽起得好早，準備到田裡去看泥水師傅挖地基；反正我也閒著沒事，就跟過去看了。蓋新房子的地基，總共要挖六個大洞，大概是一個正方體的形狀，長寬高各約兩公尺左右，師傅們一鏟一鏟地往下挖。說也奇怪，原本都是泥土的田地，向下挖後，便會挖到大小不一的石頭。挖出的泥土與石頭先置放在一旁，等六個大洞全挖好了，再挖橫向與縱向連接大洞的大水溝。

地基挖好後的幾天，有一台大卡車載來鋼筋、水泥和砂石。綁鋼筋的師傅先在六個大洞裡依照洞的形狀綁好鋼筋，原先挖好連接地基的水溝也綁好鋼筋，每一處的鋼筋與鋼筋必須緊密連接。泥水師傅在一塊大鐵板上將沙子圍成一個立體的橢圓狀，中間的部分放入小石頭和水泥，有的人加水、有的人用鏟子不斷攪拌水泥、沙子和石頭，等到全部攪拌成糊狀後，就可以將這些糊狀物倒入地基與大水溝中。這時候，我還發現地基上方有突出的鋼筋，爸爸說那是要做為蓋樓房所要連接的梁柱鋼筋接合的用途。

蓋新房子，是我們全家共同的期待。看著新家從挖地基開始到全部完工，那種興奮與期待的心情最值得回憶。更吸引我的是，媽媽每天都會準備午餐、點心給蓋房子的師傅享用，蓋新房子那段期間，就好像過年一樣，每天都有大魚大肉可以吃；我除了幫媽媽將飯菜送到工地外，還可以吃到師傅們吃剩下的大餐，因此，我每天都自告奮勇幫媽媽送飯菜。

工地裡，會有許多被師傅丟棄的鐵釘、鐵絲、小段鋼筋，這些看起來並不起眼的東西，成了我換取零用錢的來源。我會撿拾這些丟棄的鐵釘、鐵絲、小段鋼筋，拿去賣給專門收購破銅爛鐵的商人，就可以賺到一些零用錢。工地的旁邊，爸爸用稻草蓋了一間工寮，爺爺在蓋新房子那段期間，每天晚上都睡在工寮內，看顧水泥及鋼筋，怕會有小偷來偷走這些蓋新房子的材料。工寮內，稻草鋪成的床墊，一張草蓆、一床棉被、一個枕頭、一件蚊帳、一支鋤頭，沒有其他東西。我偶爾會在中午時，鑽進工寮內睡午覺，雖然比不上家裡的床鋪舒服，但是非常新鮮有趣。

過了好幾個月的時間，新房子終於蓋好了，我們把舊家可以用的東西全搬了過來，最讓我高興的是：爸爸終於願意買一台冰箱了！以後夏天想要吃冰，就可以自己動手做。

新家的牆壁沒有粉刷，也沒有任何裝潢。雖然只是相當普通的樓房，但要比土角厝來得好多了。剛搬新家的時候，每到夜裡，弟弟便會吵著要回家，我們都會偷偷地笑，弟弟一定還以為舊家才是他的家，不過，我們都覺得有新房子住的感覺真好。

辦桌

鄉下人只要遇到家裡有人結婚或者搬新家，就會「辦桌」宴請親朋好友，告知親朋好友家裡的喜事。

新房子蓋好後，我盼了好久，我家終於要辦桌了！記得我家第一次辦桌是姑姑出嫁時，隔了好多年，現在又能享受家裡辦喜事的快樂。辦桌前一天，搭棚架的工人，在寬敞的庭院中，搭起一根根竹柱子，等棚架整個結構體完成後，再覆蓋上一件塑膠布，一切便大功告成。搭棚架的同時，爸爸和哥哥已經把春聯貼在門柱和窗戶上方，房子貼上春聯，感覺好像在過年一樣，變得喜氣洋洋。

當天下午，好多親戚朋友拿著紅包來給我們，負責收紅包的是以前的「里長伯」。紅色的禮簿上，記載著每一個人紅包內的金錢，姑姑包了三千六百元，大概是最多的了；大部分的人都是包六百元，比六百元多的，大概都是爸爸的親戚，要不然就是好朋友。爸爸說，包紅包就像在跟會一樣，之前別人有喜事的時候，他包給別人，現在他自己有喜事了，別人自然而然也會包給他，甚至還比當初他所包的金額還要多一些。其實，紅包文化也是一種互助的行為。

辦桌當天早上，廚師載了滿車的菜、魚肉、瓦斯和其他料理所需的佐料及器具。爸爸在庭院的角落搭建了一間臨時廚房，廚師和他的幫手很快地便把各項器具準備好，有的人洗菜，有的人生火，有的人切菜，每個人都有自己的工作，一切辛苦都是為了中午的盛宴。

接近十二點時，陸陸續續有客人抵達，把整個會場慢慢填滿，每個人一進門都是大聲地向爸媽說恭喜，爸媽笑得合不攏嘴。大概十二點半，爸爸在大門口點上一串鞭炮，鞭炮的聲音正式宣布喜宴開始了！

第一道菜上的是「冷盤」，裡面裝有雞肉、豬肉、香腸和炸春捲；之後又陸續上了許多菜，有炸雞翅膀、炸鰻魚、貢丸湯、油飯等等，每一樣菜都是我的最愛。平常的日子根本就吃不到這些食物，只有在吃「辦桌」時才有機會品嚐這麼多豐盛的東西。最重要的是，還有我愛喝的汽水！我為了要吃遍美味的食物，把肚子撐得好飽好脹，就怕錯過任何一種可口的菜餚。

爺爺、爸爸和媽媽一桌一桌向客人敬酒，他們的笑容非常燦爛，像極了天空上的太陽。整個會場瀰漫各種食物的香味，吵雜的喧鬧聲此起彼落，氣氛遠比過年來得熱鬧許多。等最後一道菜「海綿蛋糕」送上桌，餐桌上可以包走的食物也大概全都被包走了，而海綿蛋糕的最後主人，便是餐桌上的小孩。一桌裡面，誰帶小孩去，誰就有包走海綿蛋糕的權利，但其他的菜就必須大家平均分配了。所有人都很守規矩，不會偷偷多拿一份。

等宴會結束，總會有一些湯湯水水的剩菜，這些剩菜，鄉下人叫做「菜尾」，媽媽會把「菜尾」分送給鄰居，往後兩、三天，我們全家三餐就吃這些剩菜，直到全部吃完為止。

颱風

以前的颱風好像沒有現在那麼可怕，大概是因為，那時候的電視只有三個頻道，播報新聞的時間只有中午、晚上各半小時，對於颱風災情的播報沒有像現在那麼仔細，所以，我並不覺得颱風有多可怕。

颱風侵襲村子時，會把水稻吹垮，讓大家的心血付之一炬。有一次，我家頂樓的圍牆也被颱風吹倒，發出「碰」的一聲巨響，把全家人都嚇到了。又有一次颱風夜，村子裡停電，而我們村子裡的小孩都不知道隔天學校停課，畢竟那時候不像現在家家戶戶有電話可以聯絡。隔天，我們全冒著風雨跑到學校去，學校的值日老師才告訴我們停課的消息，我們只好又冒著風雨回家。

颱風過後，風雨變小了一些，村子裡的人會跑到堤防上看暴漲的溪水，渾濁的溪水帶來從山上沖刷而下的土石和木頭，轟隆轟隆的聲音，聽起來非常壯觀。溪水漲到堤防下，溪邊開墾的新生地全被溪水沖走了，堤防邊的砂石場也岌岌可危，偶爾還可以看到上游漂流下來的死豬。

颱風過後幾天，天氣放晴，暴漲的溪水退去後，村子裡的人開始到溪裡撿拾上游漂流下來的木頭，拿回家當柴燒，我們稱這些漂流木為「大水柴」。我們全家一起出動，到溪裡面找尋木柴；大大小小的木柴散落在溪谷裡，我們把撿來的木柴集中堆置，幸運的話，還能夠撿到名貴的杉木。

杉木撿回家後，都被我們拿來當作球棒玩。村子裡的人都到溪裡面檢木柴，一堆一堆的木柴，必須搬一塊石頭，放在木柴堆上方做記號，這樣就沒有人會去動這些木柴。然後，先用扁擔和畚箕挑木柴到馬路邊，再用推車慢慢將這些木柴推回家。

木柴撿回家後，先放在庭院裡晒乾，大塊的木柴必須鋸成一小段，把晒乾後的木柴收到倉庫去儲存，等要用時再拿到廚房的大灶邊備用。我們撿過最多木柴的那次，木柴堆滿整個庭院，高度堆到一層樓高。爬上木柴堆就可以看見庭院圍牆外的稻田，光是整理那堆木柴，就花了將近一個月的時間。後來有好幾年的時間，都不需要再去溪裡面撿木柴了。

颱風的侵襲，可能吹垮了村子裡的水稻，但是卻也提供村子裡無數的木柴。因此，颱風來時，我們的心情是喜憂參半的！

墾荒

村尾的那條溪，溪岸邊的新生地，堆積這條溪長久以來的砂石，菅芒草在這貧瘠的新生地成長繁衍，一大片的菅芒草，在開花的季節，白茫茫的一片，真是漂亮。

每年，颱風季節過後，爺爺和爸爸會帶著畚箕、鋤頭和鐮刀等必備的工具，看準溪邊的新生地，釘上木樁做為墾荒的範圍與註記。爺爺和爸爸會將準備開墾的新生地裡的菅芒草全部割掉，到了假日，我們全家總動員，媽媽負責拿鋤頭挖起那些還沒有被清除掉的菅芒草根，爸爸和爺爺拿圓鍬挖掘深埋在沙地裡的石頭，我和哥哥及弟弟負責搬運小石頭和菅芒草根，每個人都有自己負責的工作。

沙地裡有各式各樣、大大小小的石頭，有的埋得深，有的埋得淺。爸爸和爺爺用圓鍬慢慢挖出一塊塊的石頭，集中堆置在一旁成一座小山，他們臉上的汗水從額頭緩緩地往兩頰流下來，似乎從沒有停過。我們兄弟幾個只能幫忙搬一些小石頭，遇到大一些的石頭，就必須拿畚箕來裝，兩個兩個協力幫忙才搬得動。我和弟弟年紀較小，稍微出點力氣就直喊累，爸爸還要我們分神注意看看有沒有野兔出沒。溪邊的太陽威力好大，熱得每個人的衣服都溼了；大太陽晒得我頭昏腦脹，沙地上還會出現如鏡子般模糊的影像。媽媽帶的開水通常都不夠我們喝，還好溪水很乾淨，口渴的時候只要一頭栽進溪水裡就可以喝水，還能沖涼，在炎熱的天氣裡真是一大享受。

一天的時間，大概只能做完墾荒工程的五分之一，接下來較繁瑣的工作，就會落在爺爺和爸媽身上。墾荒那幾天，我只要一放學，便馬上往溪邊跑，有時候看爺爺牽水牛駕著犁，在沙地裡來回翻土；有時候看爸爸不停搬運大石頭，在沙地四周鋪排成一條又一條的田埂；也會看到媽媽在沙地裡來回撿拾雜草根和小石頭。而我會在沙地裡尋找一種叫「沙豬」的小蟲，順便尋找形狀、顏色特殊的石塊。

等到新生地已經開墾成一畦畦田地的樣子後，我們才會停止手邊的工作，這時，我家也就多了一塊可以種植農作物的田地了。

這塊新的田地，是一塊沙子和泥土混合的土地，爸爸說這樣的地最適合種花生了。爸爸還說，再過幾個月，我們就有香噴噴的花生油可以拌飯吃了！

曾祖母的喪事

我的曾祖母只會蹲著走路。

有一年，她被鄰居的狗撲倒在地，跌坐在地上，把大腿骨都坐斷了。她在床上躺了將近三個月，等腳康復後，就再也無法正常走路。那時候，我們已經搬到新家了，曾祖母和叔公一起住。偶爾，曾祖母想到我家時，爺爺或爸爸會去叔公家揹她過來。如果爺爺和爸爸沒空，她會自己一個人柱著竹竿鋸成的小拐杖，蹲著走路，就像企鵝般慢慢地搖晃自己的身體，移動自己的腳步。很多小朋友都會嘲笑她，也有人被她走路的樣子嚇哭。

我常常告訴曾祖母，請她到新家來住，她說住不慣水泥蓋的房子，她習慣住「土角厝」，一直到她過世，都沒有在我家住過。

一年級的某天清晨，我正準備穿鞋子去上學，叔公急忙跑到家裡來，告訴爸爸和爺爺，曾祖母快斷氣了。恰巧，當天媽媽接受工廠招待到南部旅遊，大概晚上七、八點才會回來。爸爸放下手邊的碗筷飛奔出去，爺爺要我幫忙把供奉神明和祖先的那間客廳清理乾淨，爺爺連忙將幾個裝滿花生的麻布袋搬到後面的儲藏室。然後，爺爺把自己睡的床板拆了一塊下來，放在兩張長凳上，再把媽媽放在水溝邊洗衣服用的大石頭放在床板的一端。

沒多久，爸爸揹著曾祖母進客廳，爸爸、叔公和爺爺小心地扶曾祖母躺到床板上，深怕曾祖母撞痛了頭。曾祖母換了全新的衣服，頭髮也梳得很整齊，隱約可以聽見她微弱的呼吸聲，爸爸騎機車出去買白布，爺爺站在曾祖母旁邊不停地叫著：「阿母！阿母！」

爸爸剪了一塊白布，覆蓋在曾祖母身上，叔公、爺爺、嬸婆、姑媽都到了，爸爸拿起一塊瓷碗，奮力向庭院一丟，碗鏗鏘一聲，眾人放聲大哭，有人大聲叫阿母；有人大聲叫阿嬤。那種哀嚎的聲音，從耳朵一直鑽到心臟，讓我有毛骨悚然的感覺，我只覺得可怕，一點都不覺得傷心。

晚上，媽媽從南部回來了，看到門前的春聯全被撕掉，她跪爬著進庭院來，邊爬邊哭，邊爬邊叫阿嬤，說一些我聽不懂的話。媽媽哭號的聲音和語調，聽起來就像歌仔戲裡的哭調一樣悲戚，當時我正在吃晚餐，被媽媽這樣一哭，把口中的食物全吐了出來。可憐的媽媽，一回家就碰上這種事，奶奶更是不斷罵媽媽，媽媽繃著臉什麼話也不說，眼角的淚水始終擦不乾淨。

大約晚上十點半左右，一輛小發財車載著棺木，衝進我家的庭院來；我知道，那裡是曾祖母最後的床了。隔壁的嬸嬸要我們趕緊穿上喪服，我們兄弟都是穿紅色的喪服，代表我家是四代同堂，也為曾祖母的高壽添了些喜氣。棺材店的老闆在棺材底部鋪了一層茶葉，塞了許多的金紙，然後，慢慢地抬起曾祖母的身體，放進棺材內。這時候，哀嚎的聲音再度此起彼落，尤其是爺爺和爸爸，一把鼻涕，一把眼淚，這是我從來都沒見過的。心裡想笑，卻又不敢笑出來。我們四兄弟，大概只有大哥哭得最賣力，因為大哥和曾祖母相處的時間最久，感情也最深厚。看著棺材店老闆在棺木四個角落釘上長長的鐵釘，我的心裡一陣酸意，就從此刻起，我再也看不到曾祖母了！等我們在馬路邊燒紙錢，放眼四周，鄰居全都睡著了，全村大概只有我們家正熱鬧呢。

等所有的親戚回家後，我家又恢復了屬於夜晚的寂靜，曾祖母的遺像擺置在靈堂前，黑白相片的陰森更讓我不敢正眼看她。爺爺說，晚上他要陪曾祖母，半夜必須為曾祖母燒香、燒紙錢。我好崇拜爺爺，真是勇氣可嘉啊。

睡前我跟哥哥約定好，誰要起來上廁所，都必須找對方作伴。躺在床上，翻來覆去，窗外的蛙鳴、爸爸的酣聲，偶爾還可以聽到媽媽嘆息的聲音，然而我的耳邊還是一直重複大人哀嚎的聲音，讓我心裡掀起一陣又一陣的恐懼。最後不知道什麼時候，我才昏沉沉地睡著。

曾祖母出殯前一天下午，就有道士到家裡來為她超渡，我們叫「做司公」，其實跟廟裡念經的過程差不多。反正，我們就聽道士的指揮，道士要我們拜，我們就拜；要我們跪，就跪；要我們哭，就哭。我們所做的一切，都是希望能讓曾祖母順利到天上享福。到晚上，一切都更熱鬧了，北管樂吹得震天響，還有類似歌仔戲的演出，只是劇情改為二十四孝裡的故事，還會有許多鄰居站在庭院大門口欣賞。

等熱鬧的儀式過了後，繼續「做司公」。過程接近末尾，有一段是過「奈何橋」的情節：道士在地上擺好一張長木板當成奈何橋，還在橋頭放了一張小凳子，凳子上方擺了一個臉盆，剛開始走時說了好多四句聯，出發前特別交代我們，經過奈何橋時，要丟一些現金在臉盆內，這樣，曾祖母黃泉路上才會走得更順暢。

我們遵照道士的要求，每過一次橋，每個人都會丟一些銅板、紙鈔，道士也會說一些吉祥話，祝福我們。就這樣繞著小小的圓圈，走過十八層地獄，也順利收買了看守十八層地獄的小鬼。結束後，道士拿起毛巾掩面痛哭，一旁的徒弟要我們放聲大哭，整個儀式才算結束。接著，我們在庭院裡燒一大堆的紙錢。

隔天清晨，我被鼎沸的人聲吵醒，爸爸叫我們趕緊穿上喪服，準備祭拜曾祖母。所有的親戚都跪在棺木旁，抬棺木的叔叔、伯伯，配合「五子哭墓團」的指揮抬起棺木，這時，又是哀嚎聲四起。棺木置放在庭院中，上方用一件大毛毯蓋著，祭品擺滿兩、三張圓桌。道士又開始另一階段的超渡儀式，大約過了半小時，道士指揮抬棺木的叔叔、伯伯將棺木抬起，慢慢走出庭院大門，送葬的隊伍在道士及五子哭墓團的帶領下直奔公墓。

到達目的地後，只見一個很深的大窟窿，墓碑上刻了曾祖母的姓名、祖籍、下葬年月等，棺木緩緩地放進窟窿裡，棺材店的老闆在棺木放進窟窿前，要求我們轉過身去，他帶著口罩，將棺木上預留的血水出口敲開一個小洞。叔叔、伯伯鏟起墳墓周邊的泥土，將整個窟窿填滿成一座小山丘。道士口中唸唸有詞，我們跟著祭拜、燒紙錢，最後，把蛋殼、芋頭的皮剝在山丘上，稻穀、鐵釘也丟到山丘上。眾人脫下喪服，集中在墳墓邊燃燒。爸爸捧著曾祖母的遺像說：「阿嬤，我們要回家了！」

校園時光機

一年級分班

上小學一年級以前，我們幾個同年紀的死黨，跟著鄰居的大姊姊學注音符號，我們把她家堆置肥料與木材的倉庫當成教室，將門板當成黑板，粉筆則以紅磚塊代替。我們席地而坐，大姊姊每寫一個字就要我們跟著她唸一次，然後各自拿著樹枝在泥土的地面上練習書寫。說也奇怪，在那樣的環境裡，竟也把注音符號學會了。

小時候，老家的巷子口有一間教室，是一所國小的一年級分班，記得哥哥讀一年級時，我就常偷偷地站在教室窗外，看他讀書的樣子，久而久之，便也希望自己早點長大。分班的老師跟爺爺、奶奶是好朋友，爺爺特地去拜託老師讓我提早入學，鄉下人稱之為「寄學仔」。老師也說，如果我的學習成績可以跟得上其他足齡的同學，他願意向校長求情，讓我隨著他們升級。不知道是天分或者是想順利升上二年級的渴望非常強烈，幾次月考，我總是拿滿分，要不然就是全班第一名。爺爺、奶奶、爸爸、媽媽都為我感到驕傲。只要家裡有什麼好吃的東西，也一定會先拿給老師品嚐，以表感謝。

我所讀的一年級分班，簡單得連班級牌也沒有，連上廁所都必須過馬路。屬於分班的運動場，是在分班教室隔壁，恰好是某一個同學家的庭院。我們上下課，沒有任何鐘聲，全憑老師的哨音。剛上一年級的時候，村裡的小孩，幾乎沒有人上過幼稚園，也就沒有人聽得懂國語。剛開始，老師上課都說國語，但是我們聽不懂。後來，老師也夾雜著台語為我們上課，老師曾經要我們跟著他說國語，我們全班糊裡糊塗地大聲說：「國語！」等到大家對「國語」較熟悉了，才知道老師要我們說國語的真正意思。

記得那時候，每天都只有半天課，回家作業也少得可笑，老師會在作業簿上，畫上類似螺紋的圈圈，老師說：最好的成績是五個圈。記得我好像只拿過一次五個圈。在分班讀了一年，從沒回過本校，等我順利升上二年級，才知道，原來一個學校可以容納這麼多小朋友，有這麼多的老師啊！

老芋仔老師

我永遠都記得國小中年級的老師，大家都叫他「老芋仔老師」，他濃厚的鄉音讓我足足聽了一個月才隱約知道他在說什麼。那時我很胖，同學都以閩南語笑稱我「大胖呆」，他也跟著叫我「大口袋」。他的年紀似乎比父母稍長，獨自一個人住在學校的單身宿舍裡，偶爾，他會叫我到宿舍去，品嚐他親自做的熱包子。他堅持要我在宿舍裡把包子吃完，而且不可以向同學聲張，但我怎麼捨得放過這樣的特權呢？所以便自豪地對班上每個同學說：「老師請我吃他親自做的包子！」不知道羨煞多少人。包子是什麼味道我早已經忘記了，可是同學羨慕吃味的表情卻讓我印象深刻。

後來，他到我家作家庭訪問，得知我有四個兄弟，便開玩笑地跟爸媽說要我過繼給他當兒子。爸媽不以為意，但從那之後，老師對我更好了，除了熱騰騰的包子，還有用不盡的學用品。他還常到我家去，每次總會帶著大包小包的禮物，就像過年時，遠地的親戚來訪一樣。不過，每當他嚴肅地提起要我給他做兒子時，爸媽總是無情地拒絕，我不懂給老師做兒子有什麼不好？我虛榮地認為可以過好一點的生活，至少在學校會有許多同學羨慕我。之後，爸媽告訴我要跟老師一起生活，而且要離開他們、離開家鄉，甚至還可能必須跟隨老師反攻大陸。從此，我不敢再有給老師做兒子的想法，也不再接受老師的包子與學用品。

我知道雖然很可惜，但為了不與爸媽分開，我必須堅持與老師保持距離。等我升上五年級，他結婚了，成功當上他夢寐以求的爸爸。偶爾遇到他，我只是淺淺地一笑，然後快步離開。升上六年級的那個暑假過後，就再也沒看過他了。

初戀小情人

二年級開始，我偷偷喜歡班上一個女生，她是從別的學校轉學來的。到了五年級，我剛好又跟她坐隔壁，我特別期待上學的日子。她的綽號叫「小鴨子」，因為她唸課文的時候，很像鴨子的叫聲，我們都笑她是小鴨子，從此，她的綽號就是小鴨子。

我們相處的時間與機會越來越多，除了平時上課坐在隔壁外，班上要做壁報，布置教室及其他的比賽，我們幾乎都會一起參加。每當月考完，老師就會把我們幾個成績表現較優異的同學留在學校改考卷。我們幾個的月考成績，競爭非常激烈，班上第一、二、三名的分數差距，總分大都在十分以內，因此，在改到彼此的考卷時，更是聚精會神地看著每個字，想盡各種辦法挑出考卷中的錯誤。不過，我都會故意挑小鴨子的考卷來改，在總分不輸給她的原則之下，我盡量睜一隻眼、閉一隻眼。有時候，我也會故意將她寫錯的答案改對，事後，再向她邀功。她總會用充滿感激的眼神看著我，而我，得意地向她微微笑，還會貼心地告訴她：舉手之勞，不必在意。

我喜歡小鴨子這件事，很快就被全班同學看穿了，也因為這樣，不管做什麼事，同學都會把我們送做堆。而且只要有同學要找她，都會來問我，順便帶上一句：「喂！你老婆呢？」我聽了心裡好高興，就真的把她當成我老婆了。我值得驕傲的地方，大概只有我的成績比她好，要不然，她做什麼事都比我厲害多了，畫圖和作文比賽都拿過獎，賽跑也拿過獎，在我的眼中，她不但是美女，還是一個才女。

她家住在村尾，我家住在村頭，每天放學，我都會和她一起騎著腳踏車回家，我在前面替她開道，她跟在我後面騎。我很想要去她家玩，但是說不出口，也想邀她到我家來作客，話一到嘴邊，卻又吞了回去。有幾次鼓足勇氣，約她到我家寫功課，她都告訴我：「不行！我爸媽會擔心。」

而我接著說：「那我去妳家寫功課。」她更緊張地說：「不行！我爸媽會罵！」這也不行，那也不行，害我好失望。但不管她怎麼拒絕，我還是喜歡她。

五年級下學期的某一天，她跟我說她又要搬家了，因為她爸爸的工廠要遷移到鎮上的工業區。我聽了好難過，卻又不知道該對她說什麼。她到學校辦轉學的那一天，她偷偷地塞一張紙條給我，上面寫著：「你會想念我嗎？什麼時候，我們可以再見面？」因為怕別人看到，我趕緊把紙條塞進口袋裡，這是我和她的祕密。我也不知道什麼時候才可以再和她見面，但我可以確定，我一定會想她。

那一天放學，我們兩個默默地騎著腳踏車，相同的路，不同的心情。我好希望這一切都只是夢，等睡醒後，發現一切都是假的，那該多好啊！我把書包丟在客廳，便躲進房間，我沒有哭，只是覺得無法接受她要轉學的事實，躺在床上，回想著過去的一切。等吃晚餐時，媽媽來叫我，問我怎麼了？我告訴媽媽說：「我失去了一個好朋友。」

到老師家過夜

國小五、六年級，我的級任老師是一個年輕而且單身的男老師。老師喜歡和我們玩在一起，不像以前遇到的老師那樣嚴肅與呆板，那時候，班上的同學都把老師當成自己的大哥哥一樣看待。老師住在學校的宿舍裡，剛開始認識老師時，只有負責掃宿舍的同學，才有機會到老師家仔細地參觀，我真的好羨慕那些掃宿舍的同學。後來，我也會利用掃地時間，到老師宿舍去參觀，滿足自己也到過老師宿舍的虛榮心。

老師的宿舍是一幢日式建築，外觀是古色古香的平房，除了房子的基座外，全部都是用木頭蓋成的。一進門，還得脫掉鞋子，爬上兩、三個階梯，才能進入老師的客廳兼臥室，臥室適用好幾片「榻榻米」鋪成的，有一間小廚房，一間小儲藏室，跟我家的洋房比，老師的宿舍要破舊多了。

五年級下學期，有一個同學跑去跟老師說，可不可以在晚上的時候到學校問老師數學作業，沒想到老師竟然允許了，又有人幫腔要到老師家過夜，更出乎意料的是，老師也爽快地答應了！不過，老師要求我們騎腳踏車要小心些。

和同學約定好要到老師家過夜的那一天，一放學，我馬上回家洗澡，媽媽的飯菜都還沒有完全準備好，我就先吃飯拌醬油，趕忙帶了回家作業和隔天上課的書本，騎腳踏車到約定的地點，等待其他同學到齊。我們會合後，趁著夜色，懷著緊張又興奮的心情來到學校。那時候，學校的大門並不會上鎖，也沒有警衛看守。我們就把腳踏車騎到平常上課停放的地點。

第一次在夜裡看學校的樣子，學校變得好安靜，連平日充滿笑聲的球場，也沉默下來。走到老師的宿舍，客廳內有燈光，在黑暗的校園內更顯得明亮。老師開了門，帶我們進去。我才發現老師的家並沒有電視機，而且原來的那間儲藏室整理得很乾淨，還放了桌椅。老師要我們把書包放在儲藏室裡，在那裡寫回家作業，老師在旁邊陪我們，遇到不懂的地方，他也會教我們怎麼寫，這樣的感覺，和平常上課的時候不一樣。我們邊聊天邊寫作業，雖然沒有電視可以看，但是我們都覺得很有趣。

寫完回家作業後，老師問我們要不要吃點心？我們沒有人敢搭腔，老師說他要到鎮上買一些書回來，可以順便買點心給我們吃，可是，沒有人願意表示意見。等老師離開後，我們在客廳玩摔角遊戲，在榻榻米上翻滾，要比在草地上舒服多了。我們都在猜老師幾點才會回來，宿舍外黑濛濛的一整片都是稻田，有點恐怖。尤其是在古老的日式建築裡，更覺得陰森可怕，但沒有一個人願意承認自己會害怕，我們興奮地大叫大笑，掩飾每個人害怕的心情。過了一會兒，聽到摩托車的引擎聲，車燈劃破宿舍附近的黑暗，老師終於回來了！老師要我們準備睡覺，他從櫃子裡拿出三件棉被來，幫我們排好睡覺的位置，老師就睡在我們的旁邊。

這一夜，我躺在榻榻米上翻來覆去，不管用什麼方法，就是睡不著覺。我開始想起爸媽、爺爺、哥哥和弟弟，現在這個時候，他們在做什麼？我也想起我的枕頭，我的棉被，還有爺爺打鼾的聲音。不知道過了多久，我才終於迷迷糊糊地睡著。

躲避球比賽

國小六年級，鎮上的學校舉辦「鎮長杯」躲避球比賽。我們那個年級一共有四個班，躲避球教練恰好是我的級任老師，有一次升完旗後，老師把六年級全部留下來，每班挑出七個男生組成男生躲避球隊，再挑出七個女生組成女生躲避球隊，代表學校參加鎮長杯躲避球比賽。

隔天一大早，我們在躲避球場集合，老師帶我們跑兩圈操場，做完熱身操後，先練習基本的傳接球。老師說等大家把傳接球練熟了，才要分配每個人的位置，讓男生隊和女生隊進行比賽。我覺得當躲避球隊的隊員是一件非常驕傲的事，可以穿上繡有學校名稱的運動服出去比賽，這可不是人人都有機會，只有代表學校的校隊才能穿。

練習了一段時間後，老師為我們排好位置，我站的位置在外場後排的角落，擔任候補主攻手；也就是說，站中間的主攻手打到對方的人、進入內場後，我才能遞補成主攻手。球隊的訓練是很辛苦的，接近比賽的日子，每天除了早上的訓練外，放學後還得留下來，星期三及星期六下午也要留校練習。每天，男、女生躲避球隊總會做一次比賽，每次都是男生贏，也因如此，我們都信心滿滿，甚至有些驕傲。

比賽當天，早上七點，我們全在操場集合，每個人都穿上繡有學校名稱的球衣，我的球衣背號是七號。學校的家長會長開了一輛大貨車，載我們到鎮上比賽，我們很興奮，畢竟和別的學校比賽躲避球可是大家從沒有過的經驗呢！下了車，老師直接帶我們到比賽場地參加開幕典禮，司令台上擺著高矮不一的獎盃和各式各樣的錦旗。當時我想：如果可以拿個獎盃回來該多好！

我們的第一場比賽對上鎮裡最大型的學校，兩隊選手站在球場的中線，兩隊隊長清點各自人數，我們的身高明顯比對方矮許多，說真的，光是看身材我就想認輸了。

裁判的哨音響起，對方跳球贏得發球權，我只記得躲避球在場上亂飛，裁判的聲音此起彼落。我們平日的信心與笑容不見了，傳球失誤，也接不到對方的球，想打到對方更是困難。真是奇怪，在學校很會打球的主攻手，今天都有失水準。越是打不好，我們就越緊張，果然沒多久就被剃光頭了。

換邊再戰，中場休息五分鐘，老師要我們別緊張，把平時練習的戰術好好發揮就可以了。老師要求我們去上廁所、洗把臉、喝點水，下半場開始前，全部的隊員伸出右手掌疊合在一起，高喊三聲加油！裁判哨音一吹，發球權還是對方拿到，這次我們表現比較正常了，至少可以截住不少地板球，也能順利地運用戰術打到對方的球員。不過我還是很緊張，感覺兩腳在發抖、手心直冒汗。接到球的一剎那，害怕會造成失誤，除非對方球員站在我面前，要不然我一定把球傳回內場。經過一段時間的廝殺，我們還是敗下陣來，這次有進步了，小輸對方五個人。

女生隊的比賽，結局也是跟我們一樣，兩局都輸，同樣是輸給鎮裡的學校。老師說這是單淘汰的比賽，只要輸一場，便無法晉級決賽。老師要我們去看看別的學校比賽的情形，順便等會長開車來載我們，我們好難過，手腳好痠，不知道什麼時候還可以代表學校出來比賽？

選舉全校模範生

六年級的兒童節前夕，每一班都要推選一名模範生，參加全校模範生選舉，當選全校模範生的人，才能代表學校接受縣政府表揚。

選舉班上模範生的時候，我輸給王志東五票，所以由他代表班上參加全校模範生的選舉。六年級一共有四個班，四位全校模範生候選人，選舉的過程很像政府所辦的選舉活動。學校會舉辦政見發表會，可以張貼宣傳海報，也可以利用下課時間到各班去拉票。政見發表會那天早上，我上台推薦王志東，我拿起麥克風，大聲地向全校小朋友說：「我找到了！我找到了全校最好的模範生！那就是六年丁班王志東！」說完我馬上下台，台下如雷的掌聲，讓我覺得非常驕傲。

選舉活動那段期間，每一節下課，我和其他助選員，都會跟著王志東到各班去拉票。拉票的時候光是講「拜託！拜託！」是不夠的，我們使出渾身解數到各班拉票時，有的人唱歌、有的人跳舞、有的人說笑話、有的人吹直笛和口琴。小朋友對我們的表演比較有興趣，至於模範生候選人，只是全程面帶微笑，默默地站在講台邊。

星期三下午，我們還會留下來做宣傳海報，海報內容完全都是模仿社會上的選舉海報，有候選人號碼，也有「某某人鞠躬」的字樣，最後將做好的海報張貼在學校規定的公布欄。我們也會做一些類似名片的小張宣傳單，上面只有班級、號碼和「王志東鞠躬」幾個字，畫些圖案上去，就是一張小名片了。利用到各班拉票的機會，發給每一個小朋友。

經過好幾天的努力，王志東卻沒有當選，我們都有點難過。為了慰勞全班同學，老師請我們每個人吃一支冰棒。雖然王志東沒有當選，但是我們都玩得很高興。

童年記趣百寶箱

元宵夜

期待每年的寒假，並不是期待農曆的過年，而是期待農曆年後的元宵節！

元宵節的晚上，我們是不提市售燈籠的，幾乎每個人都會舉火把，或者提著自製的罐頭燈籠、蘿蔔燈籠、紙燈籠。當天晚上，村莊裡每個男孩子都會拿著屬於自己的照明器具，在村尾的雜貨店前廣場集合，準備前往陰暗的溪邊探險。

傳說中，夜晚的溪邊常會有因溺水而身亡的孤魂野鬼，在堤防上飄來飄去。也只有在元宵夜，大人們才願意讓我們如此放肆！夜晚的溪邊更顯得神祕恐怖，漆黑的夜景，雖然有微弱的月光與飄散的火把、燈籠相伴，仍顯得陰森駭人。特別是微風吹著沙丘上的菅芒草發出沙沙的聲音，就夠讓人毛骨悚然的。何況還要穿過一大片的菅芒草叢，那可需要多大的勇氣啊！仗著我們人多勢眾，今晚，彷彿每個人都是抓鬼英雄，眾人齊吆喝，大步邁開穿過菅芒草叢，稍有動靜就害怕眼前或身後出現「怪手」，其實，我們倒希望真的看到孤魂野鬼。但是除了蟲鳴聲及飛蟲外，根本不見什麼孤魂野鬼。

過了草叢，來到溪邊乾涸的河床，一顆顆大小不一的石頭，靜臥在河床上，微弱的月光、喧鬧的吵雜聲，喚醒這些沉睡的石頭，我們趕忙撿拾躲在石頭邊的漂流木，將木材集中在一堆，舉行一場屬於抓鬼英雄的元宵營火晚會。每個人將手上的火把往營火堆裡丟，慢慢地，木材點燃了，加上風勢的助長，火越來越大，直到我們尖聲狂叫。熊熊火光照亮漆黑的溪谷，像是在陰暗的山洞中劃過一支火柴棒那麼令人振奮。我們在火光中唱歌、跳舞、說鬼故事，今晚，我們是放肆的精靈，可以盡情地嬉戲、隨意地吼叫。等營火只剩下奄奄一息的小火堆時，我們才願意離開。

元宵夜的營火晚會，讓我們更期待每年的元宵節！

水鴛鴦與沖天炮

農曆春節那段期間，我們最常玩的鞭炮就是水鴛鴦與沖天炮，水鴛鴦這種鞭炮的名稱就夠吸引人的。雜貨店賣的水鴛鴦一盒一百支，總共只要二十元，我們會準備空的火柴盒，水鴛鴦的一頭塗滿黑色的火藥，拿黑色這頭在火材盒貼有黑色紙的這一面用力摩擦，就會產生火花，然後出現白色煙霧，這時，水鴛鴦不會立即引爆，就像一顆定時炸彈般，隔了好幾秒才會爆炸。就是因為水鴛鴦擁有定時炸彈的特性，我們常用來當成爆破其他物品的爆裂物。

鄉下的產業道路，最常看到的是牛大便。我們把水鴛鴦點燃後，迅速地插入牛大便中，等水鴛鴦爆炸，牛大便會開出一朵朵「屎花」，夠噁心了吧！我們就是喜歡這樣玩。我們把點燃的水鴛鴦丟入水溝中，沒多久，水鴛鴦會在水中引爆，威力大得可以把水溝中的水花濺上來，一不小心，便會把身上的衣服濺溼。水鴛鴦點燃後，握在手中倒數讀秒，在即將爆裂的那一剎那，向上拋，水鴛鴦會在空中爆炸。這樣的玩法，有時候會因讀秒失誤，讓水鴛鴦在手掌中爆炸，嚴重的話，手心就會破皮流血，幸運的話，手心會被炸藥燻黑。

在空曠的庭院裡，有的同伴會找來玻璃瓶，將點燃的水鴛鴦塞入瓶中，瓶口再以泥土封住，水鴛鴦爆炸同時，瓶內會產生清脆的回音，但一支水鴛鴦的威力還不足以爆破玻璃瓶，乾脆塞進三支水鴛鴦，等水鴛鴦爆炸，玻璃瓶應聲爆破成好幾片碎玻璃。我們也會捉弄在庭院角落打瞌睡的小狗，等水鴛鴦快爆炸時，迅速丟近小狗身旁，會把小狗嚇得狂吠，夾著尾巴逃離現場。

放沖天炮大概就是我們對火箭升空唯一的概念，我們人手一支點燃的線香，把沖天炮插在田埂上，用香引燃沖天炮的引信，沖天炮立刻衝上天空，然後爆炸。如果要比賽誰的沖天炮飛得高，就在田埂邊，插一排沖天炮，各自點燃自己的沖天炮，一支支的沖天炮，陸續衝上天空引爆，雖然無法同時沖上天空，但也能大致看出誰的沖天炮飛得較高。插在田埂邊的沖天炮，有時會因為插得太緊而無法衝上天空，在田埂上就會爆炸，這樣算是失敗的施放方式。為了克服這種失敗，我們會找來竹管，一手握住竹管，將引燃的沖天炮，直接放入竹管內，竹子的節當成沖天炮的「基地台」，沖天炮一飛沖天，順利引爆。

我們把連接沖天炮的小木棒折斷，放在馬路上，點燃後，沖天炮會在馬路上亂竄，直到爆炸。如果嫌一支沖天炮太單調，也可以同時折斷好幾支，然後點燃沖天炮的引信，就能夠看到連環炮的威力。勇敢的人，甚至會用拇指和食指輕輕地夾住沖天炮再點燃，等引信燒到盡頭，感受沖天炮要衝出的力量時，手指一鬆，沖天炮便會順利升空爆炸，不過，這種方式需要較大的勇氣。萬一時間拿捏得不準，手掌受傷的情形會比被水鴛鴦炸到更嚴重。

現在想來，覺得自己當時真是太瘋狂了！也因為當時地廣人稀且休閒娛樂的選擇少，才會想出這種危險的遊戲。雖然現在還是會懷念當時那刺激興奮的感覺，但如果重來一次，我不會再這樣做了。

布袋戲大公演

那個年代，沒有真人的偶像崇拜，有的是雲州大儒俠「史豔文」——布袋戲偶史豔文就是我第一次崇拜的偶像。像他這樣飽讀詩書，一開口說話便是詩文絕句，還身懷絕技、武功高強，可說是允文允武，長得又帥，又具有領袖魅力。多少人常幻想成為「史豔文」，我就有個心願：希望自己將來能成為史豔文！

除了史豔文外，還有足智多謀的「劉三」、怪裡怪氣的「怪老子」、陰森可怕的「秘雕」、超級大壞蛋「藏鏡人」、看起來就想笑的「哈賣二齒」等等，都是我記憶中深刻的布袋戲人物。因為布袋戲的流行，我們也開始玩起布袋戲偶來。那時候，幾乎在任何一間雜貨店，都可以買到這些布袋戲偶，大部分的戲偶都是塑膠做的，較無法表現出戲偶的生命。直到有一天，大哥買了一個藏鏡人戲偶，它的嘴巴竟然可以操控，而且還是用木頭雕刻的，穿著有許多亮片的衣服，就像電視上的戲偶一樣。大哥說，這是他自己坐火車到鎮上買的。問他哪來的錢？他支支吾吾、說不出話來。只記得大哥說過：一定要讓我們四兄弟組一個布袋戲團。過了幾天，他又陸續帶回許多不同角色的戲偶，我們四兄弟好高興，終於可以組成布袋戲團了，可以在其他小朋友面前公開演出了。

我們開始分配角色，我沒搶到史豔文。大哥說，戲偶是他買的，他要演史豔文，我好失望喔！藏鏡人、秘雕、怪老子、哈賣二齒、劉三全到齊了，至於其他不是太重要的人物，我們決定以破布或稻草紮成戲偶的樣子代替。劇本是我們集思廣益想出來的，武場部分就用哼唱的方式代替，舞台布幕是用廢棄豬圈的圍牆代替，電視上所有的道具，我們都會找出替代品來。

星期六下午，全村的小孩都聚集在我家豬圈外，等著看我們的布袋戲演出。大哥吆喝他們就定位坐下來，我們也學習野台戲的規矩，先簡單地「扮仙」，再做正式的節目演出，期間掌聲和笑聲斷斷續續，我們成了眾人崇拜的偶像，但不是我們會演，而是因為那些難得的戲偶。我心裡相當納悶：大哥怎麼會有那麼多錢呢？公演完隔日，鄰居的婆婆便跑到家裡來告狀，說大哥偷了她的錢，大哥因此被爸爸罰跪了一整個下午，還賠了不少錢。

經過這次事件後，我們再也不敢吵著要買布袋戲偶了，只能利用稻草、番石榴樹枝或破布做成布袋戲偶。記得有一次，為了要做「關刀」，一失神，刀子便落在自己左手食指，將指甲連皮肉切斷了一半，真是痛死我了。那時候，沒有錢找醫生縫傷口，媽媽用衛生紙幫我止血，奶奶把茶葉放在嘴裡嚼碎後，敷在我的傷口上，經過好長一段時間，傷口才慢慢癒合，切斷的指甲下層終於長出一小片指甲來。

打陀螺

我喜歡和同學在泥地上打陀螺，可以自己玩，也可以和其他人玩。雜貨店賣的陀螺，螺心比較鈍，打在泥地上，泥地會被旋轉的陀螺鑽出一個小洞來。如果把螺心在堅硬的石頭上磨得尖一些，更可以輕易地在泥地裡鑽出一個小洞。

讓陀螺在泥地裡打轉，不是一件困難的事。我們喜歡兩個兩個捉對廝殺，當約定好，誰先將陀螺打在泥地上，另一個人便要用力將自己的陀螺想辦法打在對方的陀螺上，萬一對方的陀螺承受得住打擊，便會繼續旋轉，如果承受不了，就會搖搖欲墜，然後躺在地面上。按照這種遊戲規則，勝的一方與其他組勝利者繼續比賽，直到分出勝負，產生出這次打陀螺比賽的「陀螺王」為止。

其實，雜貨店賣的陀螺，不管樣式或材質，玩久了便覺得一點新鮮感都沒有。我會自己做陀螺，在鄉下可以輕易地找到番石榴樹，先用鋸子將番石榴樹樹枝鋸下如陀螺大小的一小段來，然後，慢慢地以超級小刀削成陀螺的形狀，邊削邊注意頭尾是否相對稱？等削出陀螺的樣子後，再拿粗砂紙將刀痕磨平，然後用細砂紙獎整個陀螺磨亮，到這裡，整個陀螺大約已經完成了大部分，只要再釘上螺心便大功告成了。

先挑出一隻筆直的鐵釘，直徑大小要看陀螺的尺寸而定，鐵釘如果太大，會一下就把陀螺釘破。鐵釘如果太小，便無法承受整個陀螺的重量，陀螺就無法順利旋轉。鐵釘的長度只需整個陀螺長度的三分之一就可以了，一支鐵釘多餘的部分，就要拿鉗子將鐵釘截斷，保留原本尖銳的部分，另外一頭較平整的部分，則要拿到堅硬的石頭上磨尖，最後再拿榔頭將鐵釘定進陀螺裡。

自己做的陀螺完成了，便要廣邀其他同伴進行挑戰賽，戰況如果激烈，可能陀螺都會被打破，不管怎樣，就是要分出勝負，決定誰才是村莊裡的陀螺王！打陀螺的遊戲，熱度總會持續到學校，但是學校老師總以安全為理由，禁止我們帶陀螺到學校去。我們並不是不遵守學校老師的規定，只因為學校的陀螺王寶座，還沒有人可以封王。每到下課時間，就能看見一群人躲在垃圾場旁的泥地裡比賽。不管老師怎麼說，總要分出勝負來才行！

旋轉的陀螺像旋轉的夢想般，慢慢地轉成我們的期待，慢慢地化作每個人真摯的友誼。

竹槍

村莊後，有一片竹林，雖然不大，但是因為有幾座墳墓在那兒，便顯得陰森恐怖。傳說，有人曾經半夜在這片竹林裡，看見過穿著白衣服長頭髮的女子，在竹林間飄來飄去，因為村子裡的人都相信這樣的傳說，竹林因而變成了神祕的禁地。

每年五、六月間，村子裡會流行利用竹子做空氣槍，一方面因為可以當作子彈的樹籽已經結實累累；另一方面則是竹子正長得清翠茂盛。我們不是不怕鬼，只是想要做一支空氣槍，整個村莊也只有那個地方長滿竹子。利用假日的早上，人手一支超級小刀，當時根本沒有美工刀，超級小刀是最好用的，可以拿來削鉛筆，也可以拿來削水果。進了竹林，可以感受到陣陣涼意，我們各自散開，尋找適合做空氣槍的竹子。偶而會聽到風吹竹林沙沙的聲音，那種陰森的聲音，真是令人毛骨悚然，我們約定好要大聲說話，才能壓過風聲，也能感覺到彼此有個照應。

首先，需要找到一支筆直、有兩個竹節、竹心直徑略小於現今竹筷子的竹子。拿出超級小刀，將喜愛的竹子切割下來。留住一個竹節部分，當成空氣槍的頭；另一頭不必留竹節，當成空氣槍的尾部。先將竹子靠近頂端、約能讓一隻手掌完全握住的長度切下，當成空氣槍的握柄。然後仔細尋找適合竹心大小的小竹枝（小竹枝的長度要比竹子短約兩公分左右），當成空氣槍的推進器。將小竹枝一頭插進握柄裡，另一頭試插竹心，如果剛好可以塞滿竹心，便成為一支完美的空氣槍了。必須一直找到適合的小竹枝為止，否則，空氣槍便無法擊發出清脆響亮的聲音。

等到每個人都做好空氣槍，我們才會一起離開，沒有人敢獨自走出這片竹林，怕遇到傳說中的女鬼，即使是大白天也一樣。我們到村頭的一棵大樹下——那棵不知名的樹，分岔的樹枝會結成一串串的小樹籽，一顆一顆的小樹籽，就像是現在的ＢＢ彈一樣。我們分配好，誰爬上去摘樹籽，誰負責在樹下撿。摘到的樹籽，每個人可以平均分配，但是，爬樹的人可以多分一些。這些樹籽就變成空氣槍的子彈了。

把樹籽塞滿竹管，握柄的竹枝輕輕地向竹管內推，等確定竹枝卡在竹管內，再用力擊發，「砰」的一聲，在耳邊迴盪，樹籽被炸得碎裂開來。如果將空氣槍對準牆壁擊發，更能看出樹籽碎裂的模樣。當然，萬一身體被擊中的話，馬上會瘀血，而且痛得要命。如果樹籽用完了，可以將泡溼的衛生紙撕成小塊、搓成小圓球代替。剩下的樹籽必須泡水，以保持樹籽的新鮮，當然，最好是摘自己想玩的量，才不會浪費。

抓泥鰍

在我家附近，只要看得到水溝，就能夠看見泥鰍的身影。特別是在長滿雜草的水溝裡，泥鰍的數量更多了。走在水田裡，偶爾會感到腳邊陣陣搔癢，那是頑皮的泥鰍在開玩笑，要是伸手下去抓，還不是那麼容易就可以抓到，渾濁且灰黑的田水，根本看不見泥鰍真實的位置，幸運的話，只能感覺到泥鰍從手邊溜過，如果要抓，必須耗費一番好大的功夫。

我家的田與叔公的田相連在一起，在相鄰的稻田中，有一畦菜園，菜園種滿當季的蔬菜；靠近水溝旁，有一個小小的蓄水池，做為澆菜所用的水。水溝常常會因為其他人的農田灌溉而停水，蓄水池先儲存了澆菜所需的備用水。

原先，我也沒有發現那兒有泥鰍，在一次水溝停水的時候，有機會跟著堂叔和大哥去菜園澆菜，堂叔一個水桶接著一個水桶地舀池子裡的水，等見到池底的爛泥巴時，看到幾隻泥鰍往泥土裡鑽。堂叔拿起菜園裡的畚箕，跳進池子裡，試著舀起一些爛泥巴，發現爛泥巴裡竟然全是不停鑽動的泥鰍。大哥和我高興地跳進池子，把手伸進爛泥裡亂摸一通，同時摸到好多隻泥鰍圓滾滾且滑溜的身體，大多數的泥鰍從手邊溜走，了不起抓個一隻兩隻。堂叔要我們讓開，他說用手抓太慢了，他用力地將畚箕插進爛泥堆裡，提起畚箕時，好多好多的泥鰍在爛泥堆裡竄動，大哥拿了用塑膠繩編成的袋子，把泥鰍一隻一隻抓進袋子中。

每一隻泥鰍都裹著層層的爛泥，勉強可以看到牠的小鬍鬚。幸好泥鰍抓進袋子後，還在不停地鑽動，不然還真以為袋子裡裝的是一堆爛泥呢！

我們帶著豐收喜悅的心情，一路上爛泥巴斷斷續續從袋子裡滴落下，我和大哥走在堂叔後面，腳踩著爛泥巴前進。後來，堂叔帶我們到另一條還有水的水溝，他將袋子放在水裡左右晃動，水透過塑膠袋子的縫隙，沖洗每一隻裹滿爛泥的泥鰍，過了好久，泥鰍都洗乾淨了，堂叔提起袋子，讓我和大哥看看泥鰍的樣子。每一隻泥鰍都很肥，金黃色的表皮，在陽光的照射下更顯得亮麗動人，我已經在想像泥鰍的可口美味。回到我家，堂叔倒出一半的泥鰍在大水桶裡，媽媽看了直說：「怎麼會有這麼多泥鰍！」

當晚，媽媽煮了泥鰍湯、炸泥鰍，我們全家人吃得好高興。爺爺還高興地多喝了兩杯酒。弟弟說下次他也要跟我們一起去抓泥鰍。

抽糖果

寒假，接近過年的時候。我又得利用這段時間賺點零用錢了。搭火車到鎮上的糖果店，批發一、兩盒可以抽獎的糖果盒回村莊裡兜售。

抽獎的紙牌可分成八十當及一百六十當，每當的單位成本是五角，因此，批發一個八十當的糖果盒只需三十五元，順利賣完的話，便可以賺五元。賺的錢雖然不多，但是非常有趣，又可以學習做生意。

糖果盒有的內裝紅豆丸，有的內裝密汁地瓜，有的內裝做成魚形狀的蛋糕。在盒上封面會標示抽中雙號或一至十號可獲得大型糖果。一個八十當的糖果盒就有八十張紙牌，抽一張五角，通常大型糖果有幾份，紙牌便會設定幾張。有時運氣差一點，被抽了一、二十張紙牌，便被抽中全部的大型糖果，這時候，我就要虧錢了；好在這樣的情形比較少。兜售的對象不管老少，只要是認識的人都可以向他們兜售。

有一種專抽小玩具的「戳戳樂」，一個大紙盒像是隔間般，隔成好幾個小方格，方格內有各式各樣的小玩具，紙盒上方用不同圖案的包裝紙黏貼住，戳一個洞要一塊錢，如果戳不到玩具，大概都會戳到「再玩一次」的幸運紙。另外，還有一種專抽現金的抽獎遊戲，有一張百元鈔、兩張五十元鈔、六張十元鈔，抽獎紙牌就有六百當。為了不讓別人有機會抽中頭獎百元鈔，我會用燈泡照紙牌背面，事先把百元鈔的號碼撕下。這樣一來，不管別人怎麼抽，就是抽不中百元鈔。但是，百元鈔確實存在，想抽中百元鈔的人就會一直拿錢出來抽。這種方法雖然比較卑鄙些，但是因為要賺錢，這也是不得已的做法。為了避免百元鈔紙牌已被撕去的事件曝光，我必須衡量抽獎紙牌剩餘的數量，不可以讓任何一個人有機會將全部紙牌抽完，否則，大家就知道我事先作弊了，這可是會影響我做生意的形象與清譽的。萬一被抓到了，就再也沒有人要跟我抽糖果，不過，我一直都很小心也很幸運。

糖果盒也有賣不完的時候，自己得承擔虧本的風險，要不然就得半買半相送，把剩餘的糖果找一個人或幾個人共同出價賣掉，讓自己虧少些。當然，如果真的賣不出去，就只好拿回家自己吃了。

捉迷藏

　　我們玩捉迷藏遊戲的範圍可大可小，要看參加的人數多寡而定。不過，我們較喜歡玩可以「討救兵」的捉迷藏。

　　星期三的下午，我們只上半天課，在我家的庭院裡，先規定好可以躲藏的範圍，東邊最遠到溪邊，西邊最遠到大馬路，南邊最遠到鐵路，北邊最遠到竹林。猜拳決定誰當鬼，當鬼的人有兩個，一個看守基地，另一個負責去抓人。當鬼的人要自己從一數到一百，數完以後還要問三聲「好了嗎？」如果有人回答還沒好，當鬼的人就要再數一遍，最多數三遍。這樣可以防止當鬼的人數得太快，也可以防止躲的人故意捉弄當鬼的人。

大概過了一段時間，就會有人被抓到，只要被鬼看到，而且被叫出名字就算抓到。被抓到的人，必須在基地手牽手等待其他人救援，我們會找隱密的地方躲藏：跪趴在水溝裡，我家的牛舍、豬圈裡，濃密的大榕樹上、土地公廟、倉庫等。鬼在找尋的同時，人也同時在監督鬼的行蹤，因此，當一段時間沒有看到鬼，人就會折返鬼基地救其他人。當救兵返回鬼基地時，鬼必須叫出救兵的名字，並且用手碰觸到救兵的身體，才算抓到救兵，如果讓救兵逃走，救兵也順利地用手碰觸到等待救援的隊伍，就算救援成功，當鬼的人必須再當一次，直到把全部的人抓到為止。

記得我當鬼的時候，跑進一間廢棄的老房子抓人，房子裡面相當陰暗，到處都是蜘蛛網，感覺陰森森的，還好是白天，要不然我一定嚇得不知如何是好。我小心翼翼地翻遍每個可能躲人的地方，就是找不到任何人的蹤跡。最讓我印象深刻的是，有一個同伴利用稻草將自己完全覆蓋起來，怎麼找都找不到他。全部的人就剩他沒有被抓到，等到遊戲結束，他才跑出來告訴我們，他躲在稻草堆裡，多虧他的創意，後來我們玩捉迷藏遊戲的時候也會模仿他，利用其他的東西把自己蓋起來。

紙牌、橡皮筋和酒瓶蓋

我大概在一年級的時候就學會賭博了。

紙牌是用一種圓形鋸齒狀的厚紙板所做成的，直徑大約有五公分左右，也有人稱紙牌為「尪仔標」，紙牌正面通常印有當時流行的電視劇裡主要的人物，史豔文、楊麗花、勇士們都是紙牌正面的主角。背面印著剪刀、石頭、布的手勢和十二生肖名稱的文字。我們賭紙牌的方式很多元，只要兩個人先疊出大約相同數量的紙牌，約定好「牌王」後，將牌王插在整疊紙牌中間的位置，如果賭的紙牌太多，也可以讓紙牌橫躺在地面上。

我們手上都會有一支喜歡的紙牌當作「王牌」，猜拳決定看誰先用王牌拍打紙牌，每人輪流一次，看誰先把預先藏在紙牌中的「牌王」拍出後，誰就可以贏得全部的紙牌。

我們把十條或二十條橡皮筋交叉打結捲成一個小麻花，在空地上畫好一個小框框，在框框適當的距離畫一條直線當成射彈橡皮筋的界線。當莊家的人會把小麻花似的橡皮筋放在框框內，其他想要贏得小麻花橡皮筋的人，需站在直線外側，兩手一前一後拉開橡皮筋，瞄準框框內的橡皮筋，鬆手一彈，要將框框內的橡皮筋彈出框外，就可以贏得框內的橡皮筋。這種賭橡皮筋的方式，很難一次就贏走橡皮筋，通常必須很多人輪流，一次將框內的橡皮筋彈移一小段距離，慢慢地將橡皮筋完全彈出框外。莊家通常要衡量打結的橡皮筋數量、框框的大小、界線離框框的遠近，都會影響他人參加遊戲的興趣。不過，絕大多數的莊家都會贏，因為在固定次數之內，想把橡皮筋射彈出框框外是一件相當困難的事。

還有另一種賭橡皮筋的方式：兩個人各自拿一卷橡皮筋，由一人先丟出，另一人再丟，互相輪流，最後看誰可以將自己的橡皮筋丟到對方橡皮筋所在位置的附近，再以手掌丈量兩卷橡皮筋的位置，拇指和尾指如果可以順利摸到橡皮筋，就可以贏得對方的那卷橡皮筋，這種方式靠的是運氣與手掌大小。

在我小的時候，汽水和米酒都是裝在玻璃瓶內，瓶蓋是用鐵做的。村人或親戚辦桌請客的時候，我會跟爺爺或爸爸代表我家接受邀請。吃過幾道菜後，我會到每一桌的地面上去撿拾被丟棄的酒瓶蓋，因為也有其他人跟我競爭，所以動作要比別人快才行。酒瓶蓋表面印有各種商標或各種飲料的名稱，把酒瓶蓋拿回家後，我會利用酒瓶蓋做玩具，把酒瓶蓋敲打成平面，拿鐵鎚和鐵釘在酒瓶蓋中央敲出一個洞來，把棉線穿過洞，棉線兩端打結，形成一個手指大小的洞，就完成了「旋轉車輪」。左右手的食指，分別穿過棉線的小洞，向前或向後旋轉酒瓶蓋，轉了一會兒，兩手用力向外拉，酒瓶蓋轉得更快了，還會發出「嗚嗚」的聲音。這時候，我會請其他人拿出紙或樹葉，讓快速旋轉的酒瓶蓋切割，可以自己玩，也可以和別人比賽切割紙張或樹葉，看誰破壞紙張或樹葉的情形，來分出勝負。

野台歌仔戲

村莊裡，每年都會有兩次歌仔戲的演出，農曆三月二十三日媽祖生日、農曆五月五日端午節，這兩個節日都會邀請歌仔戲團到村莊裡演出。

歌仔戲團演出前一個禮拜，村莊裡土地公廟的「頭家」必須依據歌仔戲演出及相關的費用，再平均分配給全村所有的「男丁」，「頭家」挨家挨戶根據「男丁」人數收錢，一個家庭裡一個男生大約要收五十元，男生越多的家庭，就要收越多的錢，女生就不必收錢了。這個規則很奇怪，也不知道為什麼？

歌仔戲團演出前，村莊裡的大人會先在村中央的一塊空地搭建戲棚子。大約有十二個空的汽油桶，當成戲棚子的梁柱，舞台木板分別架設在兩個兩個汽油桶上，舞台上方用竹竿搭成屋頂的架子，塑膠帆布覆蓋在架子上方，簡易的戲棚子就完成了。舞台左側搭了一個樓梯，連接歌仔戲團員的化妝室。每天下午，歌仔戲開演之前，我們會躲在化妝室外面，透過塑膠帆布空隙，偷看歌仔戲團員化妝的情形，看他們拿著畫筆畫眉毛，上各種顏色的妝、綁頭髮、帶頭套、穿戲服、穿鞋子。看他們從一個現代人變成古人，過程相當有趣。

歌仔戲開演之前，各種攤位早就在空地上擺好位置了，晚到的攤位沒地方擺，只好躲到舞台下。歌仔戲演什麼並不重要，我們比較有興趣的是逛攤位。歌仔戲開演之前會先「扮仙」，「扮仙」是一種謝神的儀式，謝過神後，歌仔戲才會開始正式演出。等我們把所有的攤位逛完，才會分出一點心思看看歌仔戲的演出。每一種攤位賣的東西都不一樣，燒酒螺、芒果乾、棒棒糖、抽糖果，各式各樣的攤位讓我們看得眼花撩亂。每到歌仔戲演出的時間，全村的大人都會抽空搬張長板凳到會場來，就好像現在的電影院一樣，想要看清楚些，還必須早點來占舞台前方的位置。

歌仔戲團員在舞台上說著文雅的台詞，我們會鑽進舞台下方，透過木板間的空隙看他們的腳步移動。有一個同伴調皮，居然拿了一枝竹子，穿過木板的空隙，故意去刺歌仔戲團員的腳，差點害那個團員因驚嚇而摔跤！我們因此全被團主痛罵了一頓，後來團主把我們全趕出來。我們依舊到處閒逛，只聽到台上說的、唱的都是古時候的故事。通常下午演的戲碼，劇情會一直連接到晚上，也就是說下午是上集，晚上是下集。歌仔戲如果演出非常賣力，便會獲得村人獎賞的紅包，紅包拿得越多表示表演得越精采，團主會把收到的紅包張貼在舞台後方的布景上，正在演出的團員更會暫停演出，馬上說出感謝某人紅包獎賞，甚至把紅包內的價錢都說了出來，之後再繼續表演，暫停演出的動作感覺很奇怪，也很好笑。

釣鴨子

每年七月，當田裡的稻作收成後，總會有陌生人趕著一大群鴨子，從這片田到另一片田。鴨子的數量多得可以將整塊田地填滿，原本灰褐色的田地，變成白茫茫的一片。我們不禁好奇，這群鴨子最後會被趕到哪裡呢？於是，我們利用一天的時間，效法海盜冒險犯難的精神，跟蹤陌生的養鴨人家，到達溪邊關鴨子的地方。

我們好興奮！終於找到鴨子的家了。鴨子的家只簡單地利用鐵絲網，沿著溪岸邊圍成長方形狀，從岸邊一直往溪水裡延伸，岸上簡單搭設一間木板屋，讓鴨子有個遮風避雨的地方。這一大群白色的鴨子，有些泡在溪水裡，有些在岸邊整理自己的羽毛，有些則悠閒地在岸邊逛來逛去。我們計劃著如何不破壞鐵絲網，卻可以輕易地抓到鴨子。想了好久，我提議說：「乾脆用釣的，就像釣魚一樣，將鴨子從鐵絲網內往上釣。」

隔天，我把釣吳郭魚的釣具準備齊全，約了好友們，再次探訪鴨子的家。經過溪岸邊的菜園，我們簡單地挖了幾隻蚯蚓，準備來釣鴨子了！起初，鴨子躲得好遠好遠，我先丟出兩隻蚯蚓作為誘餌，果然，有兩、三隻鴨子靠了過來，我連忙往魚鉤上放一隻活生生的蚯蚓，將魚線拋往鴨子身邊。有一隻鴨子很快咬住蚯蚓不放，我大聲叫：「上鉤了！」接著順手用力往上提，魚線應聲斷掉。我們很有默契地嘆了一口氣。隨行的好友都感到相當無奈，有人提議說乾脆回家再準備一條粗一點的魚線來，我自告奮勇從家裡拿了比之前更粗的魚線。

用同樣的方式再次嘗試，這次順利釣住一隻鴨子了！我用力地拉，釣竿和魚線被鴨子拉彎，感覺像是快斷掉了，我不敢再用力。可是，我可以確定魚鉤已緊緊鉤住鴨子的嘴巴，看來這隻鴨子跑不掉了。但是，不管我怎麼拉，總是無法將鴨子拉過鐵絲網。

在一拉一放之間，我感覺像是在和鴨子玩拔河遊戲，一場誰也不願認輸的拔河遊戲。經過好長一段時間，那隻鴨子乾脆癱坐在溪岸上。同伴看我拉不起鴨子，紛紛要我放棄算了，我非常不甘心；然而，我也承認鴨子是釣不起來了。後來，我們決議要放過那隻鴨子，我拿出小刀將魚線割斷，拿回釣竿。那隻鴨子含著魚線，搖搖屁股，在溪岸邊散步。

我們在那兒停留了一會，看看那隻可憐的鴨子，不知道牠還能不能吃飯？

游泳

每年夏天，大安溪便成了天然的游泳池。村裡的小孩寧願冒著被父母處罰的可能及生命危險到溪中游泳。戲水，早已成為我們這群小孩夏天的嘉年華會。

那個年代的我們，其實都相信溪裡面的水鬼會不定期「抓交替」，但溪水清涼的魅力仍然戰勝對水鬼的恐懼。那時候根本不知道溺水的後果究竟會怎麼樣？更搞不懂父母親在擔心什麼？

為了掩人耳目，我們開始學會各種不同的說謊技巧，每次游泳前，總得編出一個冠冕堂皇的藉口；我們最常編的藉口是到同學家寫功課，或者說到學校幫老師做壁報……為了避開村人注意的目光，我們會選擇一個定點集合再分批出發。我們不敢沿著村中的產業道路走，只能順著田埂穿過一大片稻田到達目的地。

到了岸邊，我們脫光身上的衣服，下水游泳。沒有人會覺得奇怪，因為衣服弄溼了，就會留下到溪中游泳的證據，免不了又得遭大人一頓打罵。有一回，一個同伴被前來抓他的爸爸沒收了所有衣服，最後害他要回家時只能勉強湊出一條內褲來穿，那次可真是糗大了。

後來，我們全學乖了，將脫下來的衣褲藏在離岸邊遠一點而且相當隱密的石縫中，就算有大人來，也要費一番功夫才能找到我們的衣褲。

靠近岸邊的溪底是軟綿綿的沙，當腳一往下踩，便會有下沉的感覺。靠近岸邊的溪水，相當清澈，可以清楚地看見溪中的沙子，偶爾還可以看見小魚和小蝦。越往溪中央，溪水的顏色越來越接近深藍色，有種深不可測的恐懼感。不會游泳的人，就只能在岸邊較淺的地方泡水；我和幾個不會游泳的同伴在岸邊打水仗，其他會游泳的同伴往溪的中央游去。水流的速度雖然不快，但仍然可以明顯看到零星的漩渦，在溪中央快速旋轉。

傳說中，溪裡的水鬼常伴隨著漩渦而來，像我這樣只能在溪邊玩水的人，根本就無法體會漩渦的威力。根據他們會游泳的人轉述，在漩渦裡游泳，感覺就像是被捲進一個洞裡，如果用力掙扎的話，恐怕敵不過漩渦的力量，只要憋住氣、順著漩渦的水流，到了水底再用力蹬腳，就可以浮出水面。以前這條溪中，確實也曾奪走兩、三條人命，也許跟傳說中的水鬼無關，更有可能是可怕的漩渦造成的。

盡情享受過游泳的樂趣後，才終於依依不捨地上岸，但我們並不急著回家，而是會坐在岸邊等身上殘留的水珠被陽光蒸發後，再輕輕塗上一層沙。必須經過如此複雜的手續，才能完全將泡過水的痕跡和證據毀滅。最後，我們依舊分批回家：有的繞道村頭，有的繞道村尾。我們總會裝作若無其事的樣子，更會約定下次要游泳的時間，當然，不會有人故意把游泳的事說出去。我們也約定好，萬一有人被自己的爸媽追問出游泳的事，絕不能透露其他人的名字、連累到別人；否則，將被我們處以重罰：永不往來！

搔溪蝦

接近暑假尾聲，正是溪蝦肥美的時期，我們想到一種可以玩水、又可以捉蝦以滿足口腹之慾的遊戲，我們稱之為「搔蝦」。我們必須先到菜園裡扒土、抓蚯蚓做釣餌，再到溪邊拔一根根不知名的長草，將長草末端的棉絮刮除後，像烤香腸前的動作般，長草尖端刺穿整隻蚯蚓，然後將長草最前端簡單打個結，以防止蚯蚓脫落。

下水後，一手拿長草，一手拿著圓形的捕魚網。仔細找尋溪蝦可能藏匿的石縫，溪蝦喜歡躲在最接近水底的石縫中，把刺穿整隻蚯蚓的長草伸進石縫深處，用手腕輕微的力氣任意甩動長草，如果石縫中真的躲著溪蝦，便會感覺長草被外力緊抓住而且向後拉。

這時，要與溪蝦鬥智而不鬥力，也就是要欲擒故縱。慢慢地戲弄牠，要拿捏到不浪費釣餌又能把溪蝦引出洞口。握住長草的手要不停抖動，才可以讓溪蝦誤以為蚯蚓是活的，當然，也必須讓溪蝦感受到「跟著蚯蚓走，終會吃到蚯蚓」的希望。有些餓昏了的溪蝦一見到蚯蚓，便會以一對大螯緊緊夾住，有些較聰明的溪蝦會用大螯破壞長草尖端打結處，將整隻蚯蚓夾走；因此，長草必須不停地抖動。

等待溪蝦被引誘至洞口時，漁網必須放置在溪蝦的後方，順勢將溪蝦撈起；如果溪蝦因驚嚇而想逃跑向後跳躍，那恰好應聲入網。不過，並不是每個石縫中都會有溪蝦藏匿，長草伸入石縫裡搔弄大約十秒鐘後便可以判斷是否有獵物存在。我曾經在石縫中誘捕過一隻約二十公分長的鱔魚，也曾經誘捕過毛蟹。在那段溪蝦盛產的時節，經常可以吃到肥美的溪蝦。

與豬同樂

家裡的那頭母豬，昨天深夜生下十隻小豬，媽媽說：「等小豬養大些，就可以賣錢了。」

我對小豬的模樣非常好奇。今天一早，趁著還沒上學前，我跑到屋後的豬圈去探個究竟。母豬看起來很疲倦，躺在角落動也不動。只見母豬的肚皮隨著節奏起伏，那群小豬就躺在母豬身邊的到草堆上，偶爾可以聽到一、兩聲小豬尖叫的聲音，也許是小豬們也會做惡夢吧！我不敢驚動他們，只能站在豬圈圍牆外，忍受豬糞那特有的酸臭味——我早已習慣豬圈的味道，並不會覺得噁心——我心想：等放學回來，一定要到豬圈裡與小豬們玩個夠。

今天在學校，我很驕傲地跟同學說：「我家的母豬生小豬了！」甚至整天都想著家裡的小豬。放學後，把書包隨手一丟、脫掉鞋子，吃力地爬進豬圈裡。地面上滿是豬的大小便，我小心翼翼地避開，小豬爭先恐後地在吸奶，我站在一邊靜靜觀看。後來，母豬大概是發現了我的身影，牠叫了一聲，似乎在警告我：不要再靠近了。但我才懶得理牠，因為我只對小豬感興趣。

這時，媽媽正在豬圈旁餵雞，趕忙跑了過來，叫我馬上出來。「不要惹母豬生氣，萬一母豬不讓小豬吸奶，那就糟糕了！」

我很不甘願地爬出來，問媽媽：「那我什麼時候才可以和小豬玩？」媽媽回答：「等小豬可以自己吃飯了才行。」

過了好長一段時間，媽媽終於把小豬放出來了。

小豬在庭院裡跑來跑去，跑累了就停下來，用鼻子聞聞地面，好像在找些什麼。有的咬著牆角長出的小草不放，有的乾脆躺在地上享受日光浴。我走過去靠近牠們，試著去摸摸小豬的頭、小豬的身體，摸起來有種滑嫩柔軟的感覺，像是一團黑色的豆腐，深怕一用力就會捏碎。我抱起一隻小豬，仔細看看他的鼻子，鼻頭溼溼的，還沾了些草。小豬大概受不了被緊抱住的感覺，大聲尖叫，身體也跟著掙扎扭動。我雙手一放，讓小豬回復自由。

反正我閒著也是閒著，乾脆跟小豬們玩起追逐遊戲。我邊跑邊叫，牠們也邊跑邊叫，有一、兩隻跑一跑還跌倒了呢！四腳朝天的模樣真是令人噴飯。玩膩了之後，我換玩抓豬尾巴的遊戲，抓住尾巴的時候，小豬總會大叫，腳步不斷跳動，想跑卻又跑不了，真是好笑極了！等我跑累了，停下腳步休息，牠們也靜靜地站在遠處。眼光一直瞄準我，看來是在監視我的一舉一動。我故意做勢要追牠們，有的耐不住性子先跑了，有的則傻傻地看著我。

和小豬們玩了一天，實在好累喔！最後，媽媽把小豬們全趕進豬圈裡，才結束這場遊戲。

騎馬打仗

騎馬打仗是村莊裡的男生必須要學會的一種遊戲。

學校的操場有一大片平坦的草地，我們最喜歡在那兒玩騎馬打仗，因為摔倒的時候比較不會痛。每到下課時間，除了班上的同學外，還會有其他班的小朋友到草地上集合。每個人只要找到自己的搭檔，就可以協調誰當人、誰當馬。當馬的人，身體要壯些，才經得起和其他馬匹的衝撞，體重輕一點的當人，才不會把馬壓垮了。

騎馬打仗的遊戲規則很簡單，看誰先把對方的人或馬推到在地，誰就獲勝；對戰的對象不固定，可以光明正大地邀請對方，也可以出奇不易地偷襲對方，每次只要看那一組的人跳上馬，就可以開始比賽了。大多數的同學喜歡找我當馬，因為我的身材較高壯，較耐得住衝撞，在遊戲中能存活得較久。當比賽開始，坐在馬上的人便與對戰的隊伍用力地拉扯；馬也沒閒著，必須與對方推撞，在對戰的同時，還得留意其他隊伍的偷襲。通常偷襲的隊伍，早已在旁邊觀察許久，只要哪一組隊伍搖搖欲墜，就會給偷襲的人推倒的機會。被推倒的隊伍，爬起來繼續戰，除非遊戲前已經說好，要決定最後的「馬王」。

想要當「馬王」並不容易，必須要過五關、斬六將，看著一匹匹馬倒下，到最後，僅剩兩支隊伍做最後決戰；決戰時，其他倒下的隊伍主動圍出一個大圈圈，更成了熱情的觀眾，加油的聲音把操場的人群吸引過來，在熱情觀眾的加油聲下，兩支隊伍都想贏，即使先前的對戰已耗盡大部分的體力，但仍咬緊牙撐到最後一刻。有時候，經過操場的老師，還會為兩支爭取馬王的隊伍加油。獲勝的隊伍成為這次騎馬打仗的「馬王」，接受圍觀同學的歡呼，那可是比上台領獎更風光呀！

另外一種騎馬打仗的隊伍組合叫「鐵戰車」，兩個人當馬，一個人的右手掌握住左手臂，另一人的左手掌握住右手臂，然後，兩個人空下來的手掌，再分別握住對方空下來的手臂，四隻手掌做成一張堅固的座椅。當馬的人必須蹲下來，讓人的腳穿過兩隻手臂圍成的洞中，坐在四隻手掌上，當馬的人一站起來，就變成超強的鐵戰車了。對戰的方式和兩人一隊的組合一樣，當然，我們偶爾也會選出「鐵戰車王」，接受其他同學的歡呼。

我曾經因為玩騎馬打仗，把制服都扯破了，身體也常被撞得瘀青，疼痛不已，但我還是喜歡玩這種刺激又有成就感的遊戲。

爌土窯

每年寒假，當稻穀收成後，一望無際的田地就會成為我們的另一個遊戲場。原本還蘊含溼氣的泥土，經過和煦的冬陽照射、乾燥的寒風吹拂，泥土會變得比較乾涸。這樣一來，我們就可以到田裡爌土窯。

爌土窯是每一個鄉下小孩幾乎都會玩的遊戲，除了玩，還可以填飽肚子。我們這群死黨，總會在我家屋後的田地集合。田地四周早讓爺爺牽著水牛犁過了，大塊的泥土橫躺在田埂邊，這些泥土便成為我們蓋土窯的材料。首先，我們用鋤頭將還留著稻梗的田地整平，再撿出兩塊超大的泥土，當成土窯的門柱，另外挑一片較平坦的泥土蓋在門柱上，便完成土窯的大門了。接著，沿著門柱底部撿拾較大的泥塊，依照預計土窯的大小，圍出一個近似圓形的範圍。一層一層往上排列，上一層的泥塊須比下一層小，而且每往上排一層，泥塊變得稍為往內縮，慢慢地，泥塊就堆成土窯了。

土窯蓋成後，一群人必須分工合作，有的負責撿乾稻草生火，有的到田埂邊的竹林撿枯掉的竹子，有的必須回家拿地瓜、芋頭、雞蛋，如果找不到地瓜或芋頭，就要想辦法去「借」來。等一切準備工作完成後，就可以開始生火了。從土窯門口塞入乾稻草，用火柴棒在乾稻草底部點火，再塞入細小的竹枝，等竹枝完全燃燒後，再放進大的竹子，如果竹子的長度超過土窯的長度，必須在土窯門口另外橫架起一枝竹子，讓塞進土窯的大竹子放置在橫架的竹子，這樣才能讓外面的空氣與土窯內的空氣產生對流。當土窯內的火燒得旺盛時，土窯上方泥塊的縫隙便會吐出大小不一的火舌，看起來相當壯觀；這時候，只要不斷地塞進竹子或乾木材，維持土窯內的高溫，直到土窯內部的泥塊燒紅了，就可以停止加柴火的動作。

土窯內部的泥塊燒紅後，如果土窯內的灰渣太多，必須清出一部分出來，免得將地瓜和芋頭燜得燒焦，原先準備好的雞蛋必須裹上一層厚厚的泥漿，防止被泥塊壓破，然後找一塊可以塞滿土窯大門的泥塊，塞住土窯門口，防止土窯內的熱氣外洩。找一枝乾淨的竹子，輕輕地從土窯上方敲下一兩片泥塊，將裹上一層厚泥漿的雞蛋丟進土窯內，讓雞蛋平均散布在土窯底層，再敲下幾片泥塊，蓋滿雞蛋。地瓜和芋頭依序丟進土窯內，最後，將整座土窯敲下蓋住雞蛋、地瓜和芋頭。我們會用鋤頭慢慢將燒紅的泥塊敲碎，這時，陣陣白煙從整座土窯竄出，空氣中瀰漫著泥土特殊的香味。當整座土窯被敲碎後，為了避免土窯內的熱氣竄出，我們必須用鋤頭鏟起土窯周邊的泥土，將整座土窯完全覆蓋，直到看不見白煙竄出為止。這時，土窯的形狀看起來像極了一座沒有墓碑的墳墓。

等待土窯內的食物悶熟，大約需要一個小時左右，利用等待的時間，我們喜歡玩「丟泥塊大戰」，就好像打躲避球一樣，也好像漆彈戰爭，分成兩隊，以田埂為界線，誰被泥塊丟中了，誰便陣亡；哪一隊先被剃光頭，就得認輸。同樣的遊戲，沒有任何獎品，也沒有人會去計較輸贏，只是為了等待土窯內的食物悶熟。

鏟開土窯的時間到了，我們會派一個人負責拿鋤頭，將土窯周邊鏟去一部分泥土，直到看見蕃薯、芋頭等蹤跡時，才改用細竹枝，小心翼翼地將深埋在泥土中的蕃薯、芋頭挖出。這樣的動作，好比考古學家清理古化石般，深怕稍一不小心，便會插破蕃薯、芋頭和雞蛋，竄起的灰煙圍繞著整座土窯；泥土香、蛋香、蕃薯和芋頭的香味撲鼻而來，每個人都忙著吞嚥嘴邊的口水。等到把全部的食物挖出後，開始分配每個人應得的數量，像是分配戰利品般。我喜歡先吃雞蛋，把原先裹在雞蛋外且已經變硬的泥土慢慢剝開，然後再小心剝開蛋殼。光是蛋的香味，就已經足夠令人垂涎三尺了。咬一口蛋，蛋白的韌勁要比水煮蛋高出許多，蛋黃的酥鬆更是入口即化，滿嘴都是蛋黃的香味。

吃過蛋，再拿起外皮沾滿泥土的地瓜，先用雙手清理掉外皮的泥土，剝皮的時候更要注意不能讓絲毫的泥土沾到澄黃的地瓜。咬一口地瓜，特殊的甜味溢滿整個口腔，說不出來的滿足感全寫在臉上。芋頭的味道及口感和水煮的有如天壤之別，那種完全將芋頭的香味散發出來的口感，實在令人無法拒絕。

吃過土窯內的食物，晚餐完全可以省下來。肚子實在好撐啊！但是撐得十分滿足。

媽祖出巡的那一夜

「大甲媽」在台灣，就如同耶穌在世界各地一樣。

農曆每年三月，大甲媽祖便成為台灣人關注的焦點，不管是過去的「回娘家」或是現在的「繞境進香」，對大甲人來說，儘管目的地不一樣，內心對媽祖的崇拜敬仰卻是不變的。這樣的情緒既簡單又夾雜複雜，或許是代天巡狩的使命感，或許是解救眾生苦難的擔當，也許不甘僅為附屬品，也許在期待天威浩蕩、神威顯赫。這當中蘊含著虛榮，也隱藏著幾分莫名的狂妄，而在這交織流動的情緒裡，還須理出那份堅定執著的真誠關懷與愛。

有一年，我和爸爸、媽媽到鎮上恭送媽祖出巡，大甲媽祖出巡的前一天夜裡，媽祖廟的周圍早已萬頭鑽動，整個大甲的街道車水馬龍，每個人的目的都一樣：只為恭送媽祖出大甲城。越接近午夜，人潮越洶湧，只見人手一支幡旗，一柱清香，不斷地探頭仰望，期盼窺見媽祖神轎的蹤影。

大甲媽祖繞境進香的前一天下午，我們費了好一番功夫才擠進廟前廣場，在接近媽祖神轎行經的路線中，占據一個可以最貼近媽祖的位置。廟前四周的制高點上，盡是電視媒體的轉播台，只有在此刻，我才能清楚看見新聞主播的真面目。

這幾年，台中市政府主辦的媽祖文化節系列活動，透過媒體報導，把大甲媽祖繞境進香活動完整且真實地呈現在國人面前，大甲小鎮也因為媽祖的名聲而遠播。來自大甲、外埔、大安、后里等鄉鎮的陣頭，在廟前的廣場依序演出，也為午夜的繞境活動揭開序幕。

夜裡，數萬點的火光閃爍，彷彿晴朗的夜空裡繁星點點交織成綿密的火網，連平日驕傲自大的霓虹燈都顯得羞澀靦腆。鑼鼓聲被沸騰的人聲淹沒，喧闐囂鬧的聲音似洪水般於大街小巷間流竄，整座大甲城被火光及喧鬧聲點綴得更熱鬧繽紛。

這一夜，屬於媽祖的信徒；這一夜，是屬於大甲人的榮耀。信眾將心意寄託在鞭炮裊裊升空的塵煙之中，隨著縷縷香煙向遠處的媽祖訴說心中願望，沒有人捨得離開。墊著腳尖佇立在人群中，隨著人潮波動，時而向前、時而退後。燥熱的空氣中瀰漫著汗水的氣味、燃放鞭炮及燃燒金紙後的刺鼻味、手中清香的香煙味。一整夜，我的鼻間充滿各種複雜的氣味，感覺身體內的汗水從數萬的毛細孔出口噴濺出來，因為企盼媽祖從眼前經過，所以在如此複雜的氣味中也能勉強嗅出一絲絲淡淡的清香。

近午夜十二點，廟內鐘鼓齊鳴，煙火再度把高空炸得明亮，青春的熱情不斷地在高空中綻放閃爍的花朵。連珠炮震得滿天響，廟前的人潮緩緩蠕動，隱約可見神轎在黑壓壓的人群中刷出一條通道，神轎通過後，窄小的通道馬上又癒合成一塊黑絨。當神轎接近時，人群一陣騷動，好比數萬個蜂蛹不停地律動，爭相破繭而出，只為爭睹神轎的莊嚴。當神轎經過眼前，手捻清香默默祝禱，希望獲得媽祖庇祐，希望媽祖協助自己的心願順利達成。

我們鑽過一道道人牆，躲過交織閃爍的火網，好不容易可以擠到神轎旁，跟著神轎慢慢移動。沒有人願意停下腳步，浩蕩的人群，推擠著神轎緩緩蠕動，像一條潛行在大地的巨龍。我被人群推擠著，即使互相推推撞撞，卻沒有人露出生氣的表情。經過漫長的時間，媽祖的神轎終於擠出了廟門外，閃光燈此起彼落，在一大片黑絨襯托下，顯得更奪目耀眼。

街道旁的騎樓被信徒占據了，連馬路也完全被填滿。負責指揮交通的義警不斷吹哨，指揮人群向後退，光是後退的動作就要持續好一陣子。神轎旁負責保全的義工，奮力拉起一條防線，硬是阻擋住洶湧澎湃的人潮。鑼鼓聲、鞭炮聲持續在耳邊迴盪，數不清的聲音烙印在地面上，手上的清香不知換了多少枝，我躲在人群裡，跟著神轎向前移動。

不知過了多久，終於來到代表城內外分界線的水尾橋，神轎像一盞海上的明燈，引領千萬名信徒走出大甲城，萬點火光下的人潮，靜靜地駐足在橋頭，直到神轎的身影被城外的黑夜吞噬。

兒童文學68　PG3152

印記九張犁

作者／何元亨
責任編輯／劉芮瑜
圖文排版／黃莉珊
圖片來源／Freepik
封面設計／王嵩賀
出版策劃／秀威少年
製作發行／秀威資訊科技股份有限公司
114 台北市內湖區瑞光路76巷65號1樓
電話：+886-2-2796-3638
傳真：+886-2-2796-1377
服務信箱：service@showwe.com.tw
http://www.showwe.com.tw

郵政劃撥／19563868
戶名：秀威資訊科技股份有限公司
展售門市／國家書店【松江門市】
104 台北市中山區松江路209號1樓
電話：+886-2-2518-0207
傳真：+886-2-2518-0778

網路訂購／秀威網路書店：https://store.showwe.tw
國家網路書店：https://www.govbooks.com.tw
法律顧問／毛國樑　律師

經銷／聯合發行股份有限公司
231新北市新店區寶橋路235巷6弄6號4F
電話：+886-2-2917-8022
傳真：+886-2-2915-6275

出版日期／2025年9月　BOD一版　**定價**／300元
ISBN／978-626-99790-5-9

讀者回函卡

秀威少年
SHOWWE YOUNG

國家圖書館出版品預行編目

印記九張犁 / 何元亨著. -- 一版. -- 臺北市：秀威少年,
2025.09
面；　公分. -- (兒童文學 ; 68)
BOD版
ISBN 978-626-99790-5-9(平裝)

863.596　　　　114011555